KB275135

제임스 조이스 문학 입문 필독서
'피네간의 경야' 평역 시리즈 『경야의 서』 자매서

제임스 조이스의 삶과 문학

- 그 불멸의 순간을 기록하다 -

박대철 지음

어문학사

일러두기
-이 책에 나오는 『경야의 서』와 『경야서』 또는 『경야』는 모두 『피네간의 경야』를, 그리고 『초상』과 *A Portrait*는 각각 『젊은 예술가의 초상』과 *A Portrait of the Artist as a Young Man*을 말한다.
-이 책에서는 원서의 인용 쪽을【 】안에 넣어 표시한다. 예:【003:12】

제임스 조이스의 삶과 문학

- 그 불멸의 순간을 기록하다 -

박대철 지음

어문학사

제임스 조이스
James Augustine Aloysius Joyce

* bookstr.com

1882. 2. 2.~1941. 1. 13.

제임스 조이스(1882~1941) 아들 조지오 조이스(1905~1976)
딸 루치아 조이스(1907~1982) 부인 **노라 바나클**(1884~1951)

• de.wikipedia.org

1924 파리

"나의 글은 온통 더블린에 관한 것뿐인데 그건 더블린을 속속들이
파헤칠 수 있다면 세상의 다른 모든 도시들도 환히 들여다볼 수 있기 때문이다.
특별함 속에는 보편적인 것들도 들어있기 마련이다."

For myself, I always write about Dublin, because if I can get to the heart of Dublin I can
get to the heart of all the cities of the world. In the particular is contained the universal.

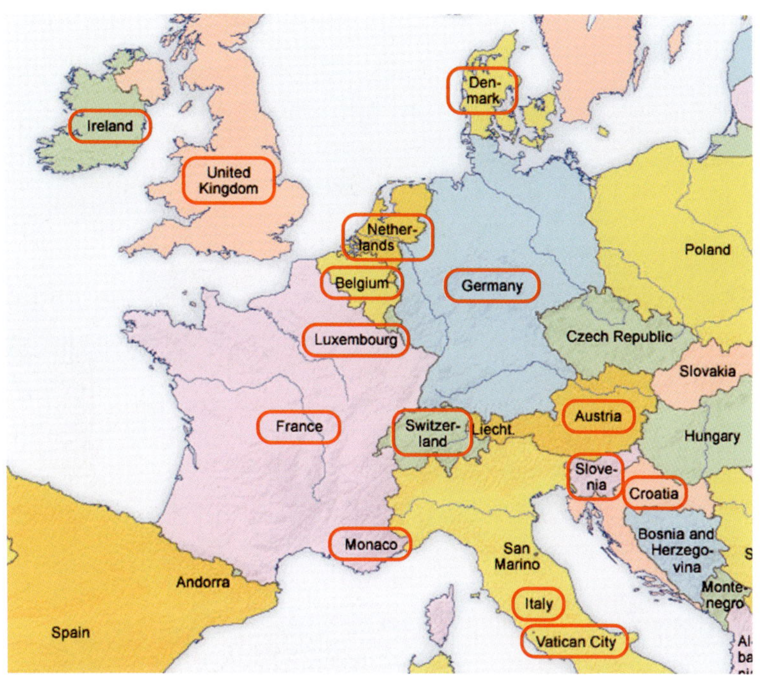

제임스 조이스 — 삶과 문학의 위대한 여정(1882~1941)

James Joyce's Lifelong Literary Odyssey

Ireland → England(1902) → France(1902) → Switzerland(1904) → Slovenia(1904)
Austria(1907) ← Vatican City State(1906) ← Italy(1904) ← Croatia(1904) ⌐
⌐ Northern Ireland(1909) → Netherlands(1912) → Monaco(1922) → Belgium(1926)
Switzerland(1904) ← Denmark(1936) ← Luxembourg(1934) ← Germany(1928) ⌐
* ( )는 최초 입국 년도

아일랜드

Ireland(Éire)

● 공식 국가명: 아일랜드 공화국 Republic of Ireland(Poblacht na hÉireann)

● 공용 언어: 게일어(Gaeilge) / 영어(English)

● 영국으로부터 독립: 1919년 1월 21일(독립 선언) / 1921년 12월 6일(승인)

● 종교: 가톨릭(91.6%) / 성공회(3%)

● 문학의 도시 더블린: 2010년 유네스코 선정

● 노벨문학상 수상 작가

　1923년 윌리엄 버틀러 예이츠(William B. Yeats, 1865~1939)

　1925년 조지 버나드 쇼(George B. Shaw, 1856~1950)

　1969년 사무엘 베케트(Samuel Beckett, 1906~1989)

　1995년 셰이머스 히니(Seamus Heaney, 1939~2013)

● 아일랜드 문학가

　조너선 스위프트(Jonathan Swift, 1667~1745)

　로렌스 스턴(Laurence Sterne, 1713~1768)

　셰리든(Richard B. Sheridan, 1751~1816)

　브람 스토커(Abraham Bram Stoker, 1847~1912)

　오스카 와일드(Oscar Wilde, 1854~1900)

　제임스 조이스(James Joyce, 1882~1941)

세계적인 제임스 조이스 문학 축제의 '진행 중인' 전설
블룸스데이(Bloomsday)와 소설 율리시스(Ulysses)

블룸스데이(아일랜드어로는 Lá Bloom 즉 Bloom's Day)는 아일랜드가 낳은 문학 천재(literary genius) 제임스 조이스의 '삶과 문학'을 특정하는 문학 축제로, 매년 6월 16일에 더블린(Dublin)을 비롯한 세계 곳곳에서 펼쳐진다.

블룸스데이라는 이름은 제임스 조이스가 1922년에 발표한 소설『율리시스』에 등장하는 남자 주인공의 이름인 리오폴드 블룸(Leopold Bloom)에서 따온 것이다. 또한 축제일인 6월 16일 역시 작품의 배경이 되는 시점인 1904년 6월 16일(목요일)에서 유래했다. 이 날짜는 실제로 제임스 조이스가 훗날 자신의 아내가 될 노라(Nora Barnacle)와 더블린 링센드(Ringsend) 부두에서 첫 데이트를 이룬 날로서, 그의 개인적인 기념일이었던 이날은 현재 세계 문학사상 가장 로맨틱한 기념일이 되었다.

블룸스데이는 1922년경 에즈라 파운드(Ezra Pound)가 최초 언급한 이래 1924년 제임스 조이스의 친구이자 후원자인 위버(Harriet Shaw Weaver) 여사의 편지에서도 그 기록을 확인할 수 있다. 한편 '공식적인' 블룸스데이는 1954년 이른바 'Bloomsday Boys'라 지칭되는 편집자 겸 예술가 존 라이언(John Ryan), 비평가 앤서니 크로닌(Anthony Cronin), 코미디 작가 브라이언 오놀란(Brian O'Nolan, 일명 Flann O'Brien), 시인 패트릭 카바나(Patrick Kavanagh), 제임스 조이스의 사촌 톰 조이스(Tom Joyce)가 주축을 이뤄 라스가(Rathgar)를 출발하여 작품 속 랜드마크(literary landmark)를 순례한 것에서 기원한다.

그들이 계획한 것은 일일 순례(all-day pilgrimage)로서, 소설이 시작되는 샌디코브(Sandycove) 해변의 마텔로 탑(Martello Tower)에서 말 두 마리가 끄

는 마차를 타고 출발하여 소설 속 장면을 차례대로 거치고, 밤이 되면 제임스 조이스가 밤의 번화가(Nighttown)라고 불렀던 매음굴(ghetto) 구역에서 마무리하는 코스였다.

1994년부터 더블린에서는 6월 16일을 기점으로 일주일에 걸쳐 제임스 조이스 센터(James Joyce Center)가 주최하는 블룸스데이 페스티벌(Bloomsday Festival)이 개최된다. 이 기간에는 에드워드 시대 의상(Edwardian costume)을 입고 거리 파티를 즐기는가 하면 최대 36시간 동안 진행되는 『율리시스』 텍스트 전문 읽기(marathon Ulysses reading), 술집 순례(pub crawl) 등 다양한 이벤트가 축제 참가자를 열광시킨다. 또 한편 소설의 첫 페이지를 장식하는 마텔로 탑(지금은 박물관)에서의 연극과 음악 공연, 특히 탑 꼭대기에서 울려 퍼지는 『율리시스』 낭독은 압권이다.

• Ulysses Plaque

블룸스데이 축제에서 빠뜨릴 수 없는 또 다른 명소는 조이스 발자국(Joyce Trail)으로서 1988년 로빈 뷰익(Robin Buick)이 더블린 시내 14군데의 도로에 리오폴드 블룸의 모습과 『율리시스』 속 한 줄을 청동 명판(bronze plaques)에 새겨 넣은 예술 작품이다. 이는 세계 어느 곳에서도 유례를 찾아볼 수 없는 매력적인 순례 포인트(icon walk)이다. 또 다른 이색적인 행사로 M&S Grafton Street café에서는 자신의 이름이나 성(姓)에 James 또는 Joyce가 들어있는 손님 누구에게나 Velo 커피를 제공하기도 한다.

오늘날 블룸스데이는 한국(우리나라는 주한 아일랜드 대사관에서 개최)을 위시하여 전 세계 86군데 이상의 도시에서 동시다발적으로 열리는 문학 축제로 자리 잡고 있다.

오직 제임스 조이스라는 단 한 작가, 오직 『율리시스』라는 단 한 작
품을 위한, 단 하루의 인문학적 사태가 바로 '블룸스데이'인 것이다.

• ialoc.ro
Velo Coffee

• alchetron.com

글이

흐르는

순서

글 밭을 일구며

I fear those big words, Stephen said, which make us so unhappy.
- *Ulysses,* Nestor 264

그런 식으로 거창하고 허황된 말을 내뱉는 게 염려스러워요,
사람을 아주 그냥 비참하게 만들어 버리거든요, 스티븐이 말했다.
-『율리시스』네스토르장 264행

'그가 19세기를 죽였다'

T.S. Eliot은 1933년 하버드 대학에서 *Ulysses*와 *A Portrait of the Artist as a Young Man*을 강의할 무렵, 제임스 조이스를 지칭하여 '그가 19세기를 죽였다(He single-handedly killed the 19th century)'라는 재담을 던진 적이 있다. 이는 당시 시대정신을 가르는 제임스 조이스의 혁명적인 영향력을 단적으로 보여주는 대목으로, 이후 조이스는 수많은 영역의 담론을 '조이스 이전과 이후'로 나누게 하는 하나의 기준점으로 우뚝 섰다.

그가 살아온 20세기를 지나 그 이후까지도 가히 불멸의 작가로 남을 제임스 조이스는 아일랜드의 시인이자 소설가이며, 전통적인 스토리텔링의 구각舊殼을 벗겨낸 아방가르드 스타일과 복잡한 서사로 당대의 문학 지평을 송두리째 뒤흔든 모더니즘 소설의 거장('The Everest of Mod-ernist Literature')이다.

모더니즘 작가들은 인물들의 정신세계에 천착해서 인간 경험을 형성하는 내면의 생각과 감정을 탐구했으며, 이를 위해 선형적 서사(linear narrative)의 개념을 무너뜨리고 '의식의 흐름' 등 형식과 언어의 실험을 감행했다. 제임스 조이스는 모더니스트 작가 그룹(에즈라 파운드, T.S. 엘리엇, 버지니아 울프, W.B. 예이츠, 윌리엄 포크너, D.H. 로렌스 등) 중에서도 중추적 위치에 서 있을 뿐만 아니라 나아가 포스트모더니즘의 흐름까지 타고 있다.

한편 제임스 조이스는 고든 보커(Gordon Bowker)의 지적대로 자기 모순적 삶을 살았다고 볼 수 있다. 그는 아버지를 사랑했으나 그의 포악함에는 반발했고, 어머니를 사랑했으나 그녀의 극성맞은 가톨릭 신앙에는 냉담했으며, 조국 아일랜드를 사랑했으나 낭만적 애국주의는 경멸했고, 아일랜드 민족주의자의 집안에서 자랐으나 맹목적 민족주의가 이룩한 조국 아일랜드는 거부했으며, 영어를 사랑했으나 다시 뜯어고쳐 재창조했고, 영국을 적대시하는 환경에서 성장했으나 오래도록 영국을 애착한 작가이다. 그 모든 삶의 궤적이 이 책 '상세 연보'에 파노라마처럼 펼쳐지고 있으며 그의 작품 속에 그림자처럼 어른거리고 있다.

제임스 조이스의 작품은 절묘하고도 담대한 문체와 양식으로 인간 내면의 본성을 묘파描破하고 있으며, 특히 최후의 문제작 *Finnegans Wake*(『경야의 서』)에는 세상에 나와있지도 않은 악마의 언어('A Literary Rosetta Stone')들이 소위 Wakese라는 이름으로 지면 전반에 걸쳐 지뢰처럼 묻혀있다. 그래서 읽을 수 없고 번역할 수 없는 작품이라 일컫는 것일 텐데, 무슨 담용膽勇으로 필자는 어제오늘 그 촘촘한 지뢰밭에 발을 들이고 일일이 탐침봉探針棒을 찔러가며 나중에라도 『경야』를 펼쳐 들미지의 독자를 위해 앞서서 언어의 샛길을 트는 중이다.

일반 독자(non-Joycean)들뿐만 아니라 전문학자(Joycean)들마저 창조적 오독(creative misinterpretation)의 함정으로 유인하는 제임스 조이스의 잔인한 펜 끝은 점령군처럼 쏟아져 나오는 비정형적인 언어(atypical language)의 행렬, 언어 대장간에서 단조鍛造되어 나오는 엄청난 양의 언어유희(pun) 그리고 행간에 잠복해 있는 빽빽한 인용의 숲(dense references)을 종횡무진 긁어댐으로써 독자로 하여금 온전한 작품 해석을 끝없이 뒤로 미루게 한다. 아니 그것조차 거부할 요량이었을지도 모를 일이다. 다음과 같은 제임스 조이스의 언명言明이 그 지점을 증명하고 있다:

"I've put in so many enigmas and puzzles that it will keep the professors busy for centuries arguing over what I meant, and that's the only way of insuring one's immortality."

나의 작품 속에는 도무지 맥락이 닿지 않는 수수께끼 같은 말들 그리고 이리저리 갈피를 못 잡게 만드는 글쓰기가 난무하기 때문에 연구자들은 그런 나의 의도를 캐내고자 세월없이 논쟁에 논쟁을 끝없이 펼칠 것이다. 그런데 그것이야말로 누군가의 불후의 명성(undying fame)을 보장하는 단 하나의 길이다.

한편 작가로서의 제임스 조이스의 말과 글 속에 깃든 섬뜩한 문학적 위협(literary intimidation) 그 이면에 놓여있던 실존적 삶의 형편은 평생을 두고 녹록지 못했으니, 끝날 줄 모르는 가난과 끝내 한쪽 눈의 실명으로까지 치달은 시력 악화 그리고 눈에 넣어도 아프지 않을, 자신의 문학적 뮤즈인 외딸 루치아의 정신 질환(그녀는 아리따웠을 시절 32년을 몽땅 정신 병동에서 지내다 그곳에서 사망했다)은 평생을 두고 제임스 조이스를 괴롭혔다. 그의 작품 밑바닥에 페이소스(pathos)가 뜨겁게 흐르고 있는 이유가 여기에 있다. 제임스 조이스의 균형 잡힌 시선은 꽤 먼 곳을 응시하고 있었는데 바로 '소설 인문학'의 본령本領이라 할 인류 보편 가치의 심연을 향했다는 점을 간과해서는 아니 될 것이다. 필자는 본서에서 이 점을 부각시키려는 노력도 게을리하지 않았다.

무릇 하나의 작품 속에는 작가의 근원적 세계관과 실존적 증험이 스며들어 있고 또 그 너머 추상적 기치旗幟까지 침출되기 마련이어서, 이를 추적 기록한 '상세 연보'를 통하여 하나의 작품이 세상에 나오기까지의 배경을 들춰보고 언외言外의 맥락을 짚어낸다면 작품의 이해력 또한 높아질 터, 작품 그 자체보다 어쩌면 더 진한 감동이 묻어나고 그만큼 여운도 길게 남을지도 모를 일이다.

국내에 제임스 조이스의 삶과 문학을 상세하게 기록하고 있는 별도의 단행본이 부재하여 오래도록 그 필요성을 절감했으므로, 졸저 '피네간의 경야 평역 시리즈 ①『경야의 서』'에 두껍게 자리를 차지하고 있는 '작가 상세 연보'를 들어내 별도의 단행본으로 묶어냄으로써 제임스 조이스 연구 필독서로서의 서지적 지위를 부여하고자 한다.

바야흐로 제임스 조이스에 대한 일반 독자들의 몰이해가 해소되고 독서 인구의 저변이 확대된다면 그간 빈약했던 '조이스학學 인프라(Infrastructure of Joyceology)'가 구축되는 셈이되니까 마땅히 국내 조이스 산업

(Joyce Industry)의 발흥이 도래할 것이다.

‘경야어(Wakese)’로 표현하자면 ‘Here Comes Everybody’, 즉 책전冊塵에 만인의 독자들이 만 번의 왕림을 할 것이다.

글의 끄트머리에 붓이 닿고서야 비로소 고명告明하는 게 염치없는 노릇이긴 하지만, 깐깐한 Scholarship과 따뜻한 Fellowship이 공존하는 자타 공인 국내 유수의 한국제임스조이스학회의 저명한 Joyce Scholars 제위와 그들이 엮어내는 제임스 조이스 저널 Archive는 언제나 필자에게 백배치사百拜致謝의 대상이다.

이번에도 당연히, 국내 ‘조이스 산업(Joyce Industry)’의 산증인이자 독보적 개발자이신 윤석전 CEO의 조이스를 향한 남다른 애정이 짙게 묻어 있다.

‘무언無言의 활자’로 나날이 조이스 문학의 꽃을 피워내는(Bloomsday) 어문학사 편집부원의 ‘아름다운 손’ 역시 손색없는 Another Joycean이시다.

2026.

제임스 조이스의 지리산 영토에서 저자

불멸의 순간 ①

Baby Tuckoo, 작가적 삶의 시원적始原的 태동을 알리다

* baby tuckoo:『젊은 예술가의 초상』의 주인공
Stephen Dedalus의 닉네임이자 유년 시절 Joyce의 별명

• https://timenote.info/de/James-Joyce

불멸의 순간 ①

제임스 조이스, 1888년

◎ 1882~1898(~16세) Years of earliest writing career

1891년(4월)	학교 연극 'Aladdin'에서 꼬마 도깨비 역을 맡다
1891년(12월)	'Et Tu, Healy(힐리, 너마저)'라는 시를 쓰다(9세)
1893년	T.W. Lyster의 *Select Poetry for Young Students*와 Charles Lamb의 *Adventures of Ulysses*를 읽기 시작하다
1896년	산문 소품집 *Silhouettes*를 쓰고 시 *Moods*를 짓다
1897년	George Meredith의 *The Tragic Comedians*와 *The Ordeal of Richard Feverels*, George Bernard Shaw의 *The Quintessence of Ibsenism*과 Thomas Hardy의 *Tess of the d'Urbervilles*를 읽다
1898년(9월 27일)	'Force'에 관한 에세이를 쓰다
1899년	대학 입학 과정(matriculation course)에서 'The Study of Languages'를 쓰다

At around 16, he wrote an essay called 'The Study of Languages', where he argued that multilingualism and translation were the keys to great literature and philosophy, and by 18 he had taught himself Norwegian in order to read, and eventually correspond with, his favourite playwright, Henrik Ibsen.

-Dr Boriana Alexandrova(University of York)

조이스는 16살 무렵에 쓴 '언어 연구'라는 자신의 에세이에서 다언어多言語 사용과 번역이야말로 위대한 문학과 철학의 핵심이라는 주장을 펼친 적이 있다. 그리고 18살 되던 해에는 노르웨이어를 독학하여 평소 흠모하던 헨릭 입센의 작품을 원서로 읽은 것은 물론 서신을 주고받기까지 했다.

-보리아나 알렉산드로바(영국 요크대학교)

Literary Genius 문학의 천재

<table>
<tr><td colspan="2" align="center">1882</td></tr>
<tr>
<td>작가
생애</td>
<td>

* 2월 2일 목요일 오전 6시, Dublin 교외 Rathgar의 Brighton Square 41번지에서, 1880년 5월 5일 결혼한 아버지 John Stanislaus Joyce(1849~1931)와 어머니 Mary Jane Murray(1859~1903) 사이 10남매의 장남으로 출생.
* 1881년에 먼저 태어난 형은 2주 만에 죽고 마는데, 아버지 John은 이 아픔을 잊으려 잦은 이사를 시작하게 되고, 이는 그들이 줄곧 Nomadic Life를 이어가는 계기가 됨.
* 조이스는 2월 5일 Roundtown의 St Joseph's Chapel of Ease[Church of St. Joseph's]에서 Philip과 Helen McCann을 대부, 대모로 해서 세례를 받음.
* 3월 20일 출생신고를 하는데, 서기의 실수로 가운데 이름이 'Augusta'로 표기됨.

</td>
</tr>
<tr>
<td>국내
정세</td>
<td>

* 5월 6일, W.E. Gladstone이 아일랜드 수석 장관으로 새로 임명한 Lord F. Cavendish와 Thomas H. Burke 일행이 Phoenix Park에서 Charles S. Parnell의 분파인 Irish Republican Brotherhood 단체가 휘두른 외과 수술용 칼에 의해 피살됨.
* 8월, 친척인 Myles Joyce가 Fenian terrorist로 지목되어 교수형에 처해지고, 아버지의 친구 Tim Harrington은 이 사건에 연루 혐의를 받음.

</td>
</tr>
<tr>
<td>작품
장면</td>
<td>

* *Ulysses*의 'Circe' 장에서 Croppy Boy가 자신의 목에 밧줄을 거는 장면: 'The rope noose round his neck, gripes in his issuing bowels with both hands.'(691)으로 Myles Joyce를 묘사함.

</td>
</tr>
<tr>
<td>세계
문학</td>
<td>

* Oscar Wilde: 순회 강연차 미국 방문
* Henrik Ibsen: *A Doll's House* 초연
* Henry James: *The Portrait of a Lady*
* George Bernard Shaw: *Cashel Byron's Profession*
* Virginia Woolf 출생
* Dante Gabriel Rossetti 사망

</td>
</tr>
</table>

• Brighton Square, Rathgar: 'from Rathgar, Rathanga, Rountown and Rush'【497:11】
브라이튼 스퀘어, 라스가: '라스가, 라탕간, 테리뉴어, 러시로부터'

• Birthplace of James Joyce: 'Who'll brighton Brayhowth and bait the Bull Bailey'【448:18】
제임스 조이스 생가: '누가 브레이와 호스를 환하게 밝히고 HCE를 유혹할 것인가'

• Plaque at 41 Brighton Square, Rathgar: 'and outbreighten their land's eng.'【537:11】
제임스 조이스 생가의 명판: '그리고 그들의 랜즈 엔드(더블린만의 소렌토곶)를 확장할 것이다.'

Dear Sweet Brother 동생 스테니스라우스

<table>
<tr><td rowspan="1">1884(2세)</td></tr>
</table>

작가 생애	* 더블린 남부 Rathmines의 Castlewood Avenue 23번지로 이사, 이듬해 12월 17일 동생 Stannie(John Stanislaus Joyce) 태어남. * 삼촌 William O'Connell(『초상』에서 Uncle Charles로 등장)과 Eliza-beth Conway(『초상』에서 'Dante', 즉 Mrs Riordan으로 등장)도 함께 생활함.
국내 정세	* Glasgow 출신 Henry Campbell-Bannerman이 아일랜드 담당 수석 차관으로 임명됨.
작품 장면	* *Finnegans Wake*에서 동생 Stanislaus는 'Enchainted, dear sweet Stainusless'(237:11)로 묘사됨.
세계 문학	* R. L. Stevenson: *Treasure Island* * George A. Moore: *A Mummer's Wife* * Mark Twain: *The Adventures of Huckleberry Finn* * Alfred Tennyson: *Becket* * Henrik Ibsen: *The Wild Duck*

• Irish Independent

23 Castlewood Ave. Rathmines: 'from rath in mine mines when I rimimirim!'【016:27】
라스만, 캐슬우드 애비뉴 23번지: '나는 보루를 기억할 때면 내 마음속의 분노에'

• Plaque at 23 Castlewood Ave.
: '3 Castlewoos. P.V.'【420:31】
캐슬우드 애비뉴 23번지의 명판
: '캐슬우드 23번지가 부디 무사하기를.'

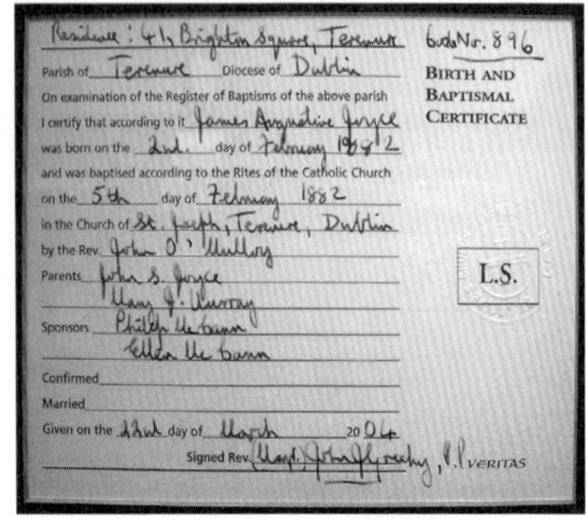

• wikimedia commons
James Joyce Birth and Baptismal Certificate
제임스 조이스 출생 및 세례 증명서

Martello Terrace 유년의 기억

1887(5세)	
작가 생애	* Kingstown(지금은 Dun Laoghaire) 남부에 있는 어촌 마을 Bray의 Martello Terrace 1번지로 이사. * 아버지의 외삼촌 William O'Connell, 도피 신세의 John Kelly, 조이스의 보모 Mrs 'Dante' Conway(그녀의 별명 Dante는 아이들이 Auntie를 그렇게 발음한 데서 유래)도 함께 거주함. * 그해 바닷가에서 개(Irish terrier)에게 턱을 물려 이웃집 약사 James Vance의 치료를 받지만 평생 흉터로 남게 되고 이때부터 개공포증(cynophobia)과, 한편 Dante의 영향으로 천둥공포증(brontophobia)도 생김.
국내 정세	* Scotland 출신 Arthur Balfour가 아일랜드 담당 수석 차관으로 임명됨. * *The Times*가 1887년 3월 7일 자에 영국 하원에서 공개된 Charles Stewart Parnell이 작성한 것으로 날조된 편지(Phoenix Park Murders 사건에 대해 관대한 입장이라는 내용)를 기사로 싣는 사태가 발생함.
작품 장면	* *A Portrait*에서 William O'Connell은 'Uncle Charles'로, John Kelly는 'Mr Casey'로 등장함. * Mrs 'Dante' Conway는 *Finnegans Wake*에서 'O, my back, my back, my bach! I'd want to go to Aches-les-Pains'(213:17~18)로 묘사됨. * 또한 'Him Which Thundereth On High'(62:14)의 천둥소리는 10번에 걸쳐 들리며 마지막 101개의 철자를 제외하고 모두 100개의 철자로 조합됨.

<table>
<tr><td>세계
문학</td><td>* Thomas Hardy: The Woodlanders
* Emile Zola: La Terre
* Friedrich Nietzsche: On the Genealogy of Morality
* George Gissing: Thyrza
* Oscar Wilde: The Canterville Ghost
* Sylvia Beach 출생</td></tr>
</table>

• Wikimedia Commons
Martello Terrace, Bray
: 'Can you not distinguish the sense, prain from the sound, bray?'【522:30】
브레이, 마텔로 테라스: '당신은 감각, 지력(知力)을 음향, 소음과 구별하지 못하는가?'

• Luke McManus
Plaque at Terrace: 'Is that right what your brothermilk in Bray'【624:32】
마텔로 테라스의 명판: '브레이에 있는 당신 젖형제의 말이 옳은가'

Bray Head & Esplanade from Martello Terrace
마텔로 테라스에서 바라본 브레이 헤드와 해안 산책로

Half-Past-Six Progidy 6년 6개월 신동

	1888(6세)
작가 생애	* 당시 덕망 높은 John S. Conmee 신부가 교장으로 있던 최고 수준의 예수회 남학교인 Kildare주 Sallins의 Clongowes Wood College에 또래보다 5개월 일찍 입학(9월 1일)해서 'Half-Past-Six'라는 별명을 얻음. * 첫날 어린 조이스를 홀로 남겨두는 애틋함에 어머니는 하염없이 눈물을 흘리고, 아버지는 용돈 10실링을 손에 쥐여주며 등을 두드려 격려함.
국내 정세	* 영국 하원의 아일랜드계 의원들이 Irish Local Government 법안을 상정하지만 Arthur Balfour 의장이 반대함. * Thomas L.Buick가 Irish National League(Charles Parnell을 의장, Timothy Harrington을 장관으로 하여 1882. 10. 17.에 결성되며 Land Reform과 Irish Home Rule 등을 주창함)의 Gladstone Branch 장관으로 임명됨.
작품 장면	* *A Portrait*에서 조이스를 학교에 남겨두고 떠나는 어머니의 모습은 'and her nose and eyes were red. But he had pretended not to see that she was going to cry⋯And his father had given him two five shilling pieces for pocket money'(9)로, 한편 Conmee 신부는 'the decentest rector that was ever in Clongowes Wood'(49)로 묘사되어 있음.

<table>
<tr><td>세계
문학</td><td>

* Thomas Hardy: *Wessex Tales*
* Henry James: *The Aspern Papers*
* Oscar Wilde: *The Happy Prince and Other Tales*
* Henrik Ibsen: *The Lady from the Sea*
* W.B.Yeats: *The Wanderings of Oisin*(1889)
* Helena Blavatsky: *The Secret Doctrine*
* T. S. Eliot 출생

</td></tr>
</table>

• Wikipedia
Clongowes Wood College, Sallins, County Kildare
: 'And beware how you dare of wet cocktails in Kildare'【436:31】
킬데어 카운티, 살린스, 클롱고우스 우드 칼리지
: '킬데어에서 판매가 인정된 혼합주를 어떻게 도전할지 신경을 써라'

• Amazon
James Joyce at Clongowes Wood College
: 'a tibertine's pile with a Congoswood cross on the back for Sunny Twimjim'【211:05】
클롱고우스 우드 칼리지 재학 시의 제임스 조이스
: '쾌활한 짐을 위해 클롱고우스 우드 칼리지를 후원하는 한 자유 사상가의 화폐 뒷면'

Father John Stephen Conmee S.J.
클롱고우스 우드 칼리지의 교장이었던 콘미 신부

Et Tu, Healy! 힐리, 너마저!

1891(9세)	
작가 생애	* 1890. 12. 10. 동급생 Stanislaus Little의 죽음과 1891. 10. 6. 권력에서 물러난 직후 Parnell의 죽음(그의 죽음과 보좌관 힐리의 배반을 다룬 시 'Et Tu, Healy!'를 쓰자 아버지는 조이스를 자랑스러워하며 직접 인쇄하여 주변에 자랑했음) 그리고 이듬해 세금 징수원이었던 아버지의 실직으로 인해 가족들이 경제적 어려움을 겪음. * 이로 인한 12월 학교 중퇴 등 일련의 연속된 유년 시절의 궁핍했던 기억은 조이스의 작품에 상당한 영향을 끼치게 됨. * 학교를 그만두기 전, 교회 견진성사(Confirmation)에서 Saint Aloysiusv Gonzaga(1568~1591)의 이름을 따서 그의 full name은 James Augustine Aloysius Joyce가 됨.
국내 정세	* Parnell이 자리에서 물러난 후 Anti-Parnellite를 주축으로 *Irish National Federation*이 결성됨. * 10월 6일, '아일랜드 무관의 왕(Uncrowned King of Ireland)'으로 불리던 파넬의 장례식에 20만 명이 운집, 그의 죽음을 애도함. * Irish Daily Independent(Irish Independent의 전신)가 창간됨(1891. 12. 18.).
작품 장면	* *A Portrait*에서 조이스는 Stephen을 통해 Stanislaus Little의 죽음을 보고 상념에 젖는다: 'He might die before his mother came. Then he would have a dead mass in the chapel like the way the fellows had told him it was when Little had died.'(22) * 이처럼 '너무 이른 나이에 죽음'은 조이스 작품에서 반복되는 주제인데, *Dubliners*의 'The Dead'에서 Michael Furey와 *Ulysses*에서 Rudy Bloom의 죽음 등과 같은 경우임.

<table>
<tr><td rowspan="7">세계
문학</td><td>

* Oscar Wilde: *The Picture of Dorian Gray, Salome*
* Thomas Hardy: *Tess of the d'Urbervilles*
* André Gide: *Les Cahiers d'André Walter*
* Herman Melville: *Timoleon*
* George Bernard Shaw: *Quintessence of Ibsenism*
* Henry Miller 출생
* Herman Melville 사망
</td></tr>
</table>

Et tu, Healy!

His quaint-perched aerie on the crags of Time

Where the rude din of this century

Can trouble him no more.

힐리, 너마저!

세월의 험준한 바위 위에 괴상하게 얹혀있는 그의 둥지

이 시대의 무례한 소음도

더는 그를 성가시게 하지 않는 곳

• lithub.com

Et tu, Healy는 줄리어스 시저(Julius Caesar)가 브루투스(Brutus)에게 배신당해 죽으면서 외친 'Et tu, Brute'(브루투스, 너마저)를 패러디하여 조이스의 아버지가 붙인 제목. 파넬(Charles Stewart Parnell)을 배신한 그의 정치적 동지 힐리(Tim Healy)를 지탄하는 내용.
조이스의 동생 스테니스라우스(Stanislaus)의 기억에 파편으로 저장되어 있던 시의 일부만 전해지고, 사본은 현존하지 않음.

• Charles Stewart Parnell(1846~1891): 'the Pardonell of Maynooth'【553:12】
찰스 스튜어트 파넬: '파넬의 동상'

• wikipedia
Parnell Memorial at O'Connell Street, Dublin
더블린 오코넬 거리의 파넬 기념비

Leoville's Dream 작가의 꿈

	1892(10세)
작가 생애	* 다시 Mrs Conway, William O'Connell과 함께 온 가족이 Blackrock의 Carysfort Avenue 23번지로 이사, 지금은 남아있지 않지만 현관 지붕에 돌사자(stone lion)상이 있다 하여 일명 'Leoville'이라고 불렸으며, Howth Head와 Dublin Bay가 내려다보이는 이 집에서 여동생 Florence와 Mabel이 태어나서 형제가 10명으로 불어남. * 유아기를 넘긴 나머지 9명은 Margaret Alice('Poppie' 1884~1964), John Stanislaus('Stannie' 1884~1955), Charles Patrick(1886~1941), George Alfred(1887~1902), Eileen Isabel Mary Xavier Brigrid(1889~1963), Mary Kathleen(1890~1966), Eva Mary(1891~1957), Florence Elizabeth(1892~1973), Mabel Josephine Anne('Baby' 1893~1911)임. * 이곳에서 시와 수필을 쓰기 시작하면서 처음으로 작가의 꿈을 갖게 됨.

국내 정세	* 자유당(Liberals)이 정권을 잡으면서 Liverpool 출신 W.E. Glad- stone(1809~1898)이 총선을 통해 4번째 수상에 오름. * 이듬해 아일랜드 자치 법안(Home Rule Bill)이 하원(House of Commons)은 통과했으나 상원(House of Lords)에서 막히자 Gladstone은 1894년 사직, 정계를 은퇴함.
작품 장면	* *Dubliners*의 'A Painful Case'에서 Mrs Emily는 Ballsbridge의 Sydney Parade Aveune(Leoville)에 살고 있음. * *A Portrait*에서 Uncle Charles(=William O'Connell)는 Stephen(즉 Joyce)과 함께 쇼핑을 하고 공원을 산책하는 등 늘 붙어 지냄. * Cork로 돌아간 William O'Connell이 그해 8월 말경 죽자 아버지는 조이스를 데리고 그의 장례식에 참석함.
세계 문학	* Oscar Wilde: *Lady Windermere's Fan* 런던 초연 * George Bernard Shaw: *Widowers' Houses* 초연 * Arthur Conan Doyle: *The Adventures of Sherlock Holmes* * Italo Svevo: *Una Vita* * Rudyard Kipling: *Barrack-Room Ballads* * Henrik Ibsen: *The Master Builder* * Pearl S. Buck 출생 * Walt Whitman 사망

• wikipedia
Blackrock Street, Leinster, Dublin
더블린 렌스터 지방의 블랙락 거리

•23 Carysfort Avenue[Leoville], Blackrock
: 'somewhere off the Dullkey Downlairy and Bleakrooky tramaline'【040:30】
블랙락, 캐리스펏 애비뉴[레오빌] 23번지
: '달키, 킹스타운, 블랙락 구간의 전차 궤도에서 떨어진 어디쯤'

• wikipedia
William Ewart Gladstone
그레이트브리튼 및 아일랜드 연합 왕국(United Kingdom of Great Britain and Ireland: 1801~1922)의 수상

Plethora of Ideas 담뿍한 상상력

작가 생애	* 더블린 시내 Mountjoy Square와 가까운 Fitzgibbon Street 14번지로 이사 온 후 15개월간 조이스는 학교 다니는 대신에 온종일 시내 곳곳을 돌아다니며 받은 인상을 무의식에 기록하곤 했는데 이때 더블린 시내의 지형(topography)을 익히게 됨. * 이런 조이스를 두고 아버지는 'If that fellow was dropped on the middle of the Sahara, he'd sit, be God, and make a map of it.'라고 말함. * Conmee 신부의 도움으로 Belvedere College에 동생과 함께 학비 없이 다니게 됨. * 어학에 재능을 보여 Italian, French, Latin어를 마스터했고 특히 English Composition이 탁월했음.
국내 정세	* 1월에 Irish Land & Labour Association의 전신인 National Labour League가 창설됨. * 7월에 Thomas O'Neill Russell 등이 아일랜드어의 부흥과 민족정신 고취를 위한 Gaelic League(Douglas Hyde가 초대 회장)를 창설함. * 9월에 Gladstone의 2번째 Home Rule Bill이 상원에서 거부당함.
작품 장면	* 12월 26일, 온 가족이 팬터마임 'Sinbad the Sailor'를 관람하는데, 이때의 생생한 기억이 *Ulysses*의 'Ithaca' 장에 고스란히 담겨있음: 'Sinbad the Sailor and Tinbad the Tailor and Jinbad the Jailer and Whunbad the Whaler and Ninbad the Nailer and Finbad the Failer.'(871) * Belvedere College의 영어 교사 George Dempsey는 *A Portrait*에서 Mr Tate로 나오는데, 그는 조이스를 가리켜 'a plethora of ideas in his head'라고 말하는 등 일찍이 조이스의 비범한 재능을 알아봄.
세계 문학	* Oscar Wilde: *A Woman of No Importance* 초연 * W.B.Yeats: *The Celtic Twilight* * George Gissing: *The Odd Woman* * George Bernard Shaw: *Mrs. Warren's Profession* * Maria Jolas 출생 * Guy de Maupassant 사망

• mountjoysq.com
Mountjoy Square, Dublin
더블린의 마운트조이 광장

• JJ21K
14 Fitzgibbon Street: 'Tried Apposite House. 13 Fitzgibbets. Loco.'【420:21】
피츠기본 스트리트 14번지: '반대편 집을 시도했다. 피츠기본 13번지. 현장.'

Belvedere College
: 'The Belvedarean exhibitioners. In their cruisery caps and oarsclub colours.'【205:05】
벨베데레 칼리지: '벨베데레의 장학생들. 선원 모자를 쓰고 보트 클럽 깃발을 든 채.'

Sensory World 감각의 문학성

1894(12세)	
작가 생애	* 3월 초 Drumcondra의 Millbourne Avenue 2번지로 이사. * 집 근처 Tolka 강변의 Griffith Park에서 조이스를 시샘한 친구 3명으로부터 구타당한 나쁜 기억이 있음. * Belvedere College의 보건교사 Dr Thomas O'Connell의 권유로 10년간 안경 없이 지내면서 문자, 소리, 냄새에 더욱 의존하는데, 이는 작품 속에 깊이 스며있음. * 학교 중간시험에서 우수한 성적을 거둬 20파운드 장학금을 받음.
국내 정세	* 아일랜드에 토지개혁을 단행했던 W.E.Gladstone이 영국 수상직을 사임함. * Bewley 일가의 Bewley's가 더블린 South Great George's Street에 처음 cafe를 오픈함. * 소작농과 도시 노동자의 권리를 옹호하는 Irish Land and Labour Association이 결성됨. * Irish Agricultural Organization Society가 창설되는데 이들은 Irish Home Rule Movement와 Irish Nationalist를 지지하면서 점차 정치색을 띠게 됨.

작품 장면	* Griffith Park 일화는 *A Portrait*에서 Byron보다 Tennyson이 더 나은 시인이라는 데 동의하지 않는다고 Heron, Nash, Nolan 등으로부터 Stephen이 두들겨 맞는 장면으로 묘사. * 후각 묘사는 *A Portrait*에서 Christmas dinner 장면의 'the warm heavy smell of turkey and ham and celery', *Ulysses*에 'Smells on all sides bunched together, each street different smell.'(232)로 나옴. * 청각 묘사는 *Finnegans Wake*에서 '세상[최후]의 종말[심판](crack of doom)'을 알리는 천둥소리로 나옴.
세계 문학	* Oscar Wilde: *Salome* * Mark Twain: *Tom Sawyer Abroad* * Emile Zola: *Lourdes* * George Bernard Shaw: *Arms and the Man* 초연 * W.B.Yeats: *The Land of Heart's Desire* * George Russell(AE): *Homeward-Songs by the Way* * Sheridan Le Fanu: *The Watcher and Other Weird Stories*

• RTE
2 Millbourne Avenue, Drumcondra
: 'Draumcondra's Dreamcountry where the betterlies blow.'【293:F1】(now demolished)
드럼콘드라, 밀본 애비뉴 2번지: '나비들이 흩날리는 드럼콘드라의 꿈나라.'(지금은 철거됨)

• Wikipedia
Bewley's Cafe
: 'I felt feeling a half Scotch and pottage like roung my middle ageing like Bewley'【487:16】
뷸리스 카페
: '나는 뷸리스 찻집처럼 중년에 접어든 반은 스코틀랜드 사람이면서 혼혈이라는 느낌이 들었다'

• wikipedia
Drumcondra Road Upper
톨카강(River Tolka)과 로얄 운하(Royal Canal)가 가로질러 흐르는 드럼콘드라

Real Characters 현실의 재현

작가 생애	* North Circular Road 외곽의 막다른 골목에 위치한 North Richmond Street 17번지(*Dubliners*의 'Araby'에서 'blind' street')로 이사해서 4년간 거주함. * 다른 어떤 곳에서보다 이곳에서 겪은 유년의 기억들이 조이스의 작품에 폭넓게 반영됨. * 그해 아버지는 친파넬 성향의 Evening Telegraph지에서 프리랜서 광고 세일즈맨(advertising salesman)으로 일하게 되고, 나중에 는 Freeman's Journal지에서도 근무하게 되는데, 그를 만나러 이곳을 찾은 적이 있던 조이스는 *Ulysses*에서 Leopold Bloom의 직업을 광고 외판원(advertisement canvasser)으로 설정함.
국내 정세	* 영국 총선에서 Lord Salisbury가 이끄는 보수 우파 Tories당이 승리를 거둠. * Irish Parliamentary Party(Home Rule Party)는 분열의 길을 걷게 됨.
작품 장면	* *Ulysses*의 'Nausicaa' 장에 조이스 집 길 건너편 1번지에 살던 Boardman 가족(Eddy와 Eily Boardman)이 나오고, 7번지에 살던 Long John Clancy 가족은 *Ulysses*에 Long John Fanning으로 등장하며, *Finnegans Wake*에서 실제 이름이 거론됨. * 길 건너 Ned Thornton 가족은 *Dubliners*의 'Grace'에서 Mr.Kernan으로, *Ulysses*의 'Hades' 장에서 Dignam 장례식의 조문객으로 나타남. * 또한 6번지의 Cissy Caffrey와 Tommy, Jacky 쌍둥이는 Eddy Boardman의 이웃으로 등장.
세계 문학	* Oscar Wilde: *The Importance of Being Earnest* 초연 * Joseph Conrad: *Almayer's Folly* * Thomas Hardy: *Jude the Obscure* * George Bernard Shaw: *Arms and the Man* * Rainer Maria Rilke: *Leben und Lieder* * Aldous Huxley 출생 * Eugene Jolas 출생

17 North Richmond Street: 'Not known at 1132 a.12 Norse Richmonund.'【420:22】
노스 리치몬드 스트리트 17번지: '노스 리치몬드가街 12번 도로 1132 성명 미상'

Agenbite of Inwit 양심의 가책

	1896(14세)
작가 생애	* 이즈음 조이스는 학업에 열중한 동시에 집 근처 Capel Street Public Library에서 수많은 책을 빌려봄. * 한번은 동생에게 Thomas Hardy의 *Jude the Obscure*(무명의 주드)를 빌려오라고 했으나 조이스의 필체를 잘못 읽은 동생이 Jude the Obscene(외설의 주드)로 말해 사서를 당황하게 만든 적이 있음. * 이 시기, 그가 말하는 'agenbite of inwit(양심의 가책: 이 표현은 원래 영국 작가 Dan Michel of Northgate의 'Ayenbite of Inwyt'에서 유래하며 'again-biting of inner wit'라는 의미)'를 갖게 만든 2건의 사춘기(pubescence) 일화가 있는데, 어느 날 조이스가 함께 산책하던 젊은 가정부가 도로변 울타리에 들어가 소변보는 소리에 발기해 자위의 사출을 경험한 것과, Sweet Briar 공연을 보고 집에 돌아오는 길에 Royal Canal 근처에서 만난 매춘부와 성 경험을 한 것임. * 이를 계기로 그는 보이는 세계(육체)와 보이지 않는 세계(정신) 간의 균형 속에서 예술가적 영혼의 자양분을 얻음.
국내 정세	* 영국의 아일랜드 지배에 저항하여 훗날 부활절 봉기(Easter Rising 1916)를 주도하게 되는 스코틀랜드 출신 James Connolly(1868~1916)가 Irish Republican Socialist Party를 조직함. * John Dillon(1851~1927)이 Anti-Parnellites 조직인 Irish National Federation 의장이 됨. * 더블린 시내에 노면 철도(electric tramway)가 최초로 개설됨(5월 16일).

작품 장면	* *A Portrait*에서 Stephen(즉 Joyce 자신)은 사춘기에 겪은 'guilty joy'를 타자의 입을 통해 독백(monologue intérieur)하고 있음: 'Yes, he had done them, secretely, fikthily, time after time, and, hardened in sinful impenitence, he had dared to wear the mask of holiness before the tabernacle itself while his soul within was a living mass of corruption…'(125)
세계 문학	* Joseph Conrad: *An Outcast of the Islands* * Antonio Fogazzaro: *The Patriot* * Henry James: *The Figure in the Carpet* * Emile Zola: *Rome* * Mark Twain: *Tom Sawyer, Detective* * Henrik Ibsen: *John Gabriel Borkman* * F. Scott Fitzgerald 출생

• Dotdash Meredith
Royal Canal Way: 'and along the quiet darkenings of Grand and Royal'【037:20】
로열 카날 웨이: '그랜드 운하와 로열 운하의 적막한 어둠을 따라'

Human Comedy 삶의 희극성

1898(16세)	
작가 생애	* Belvedere College를 졸업하고 University College Dublin에 입학함. * 종교의 속박으로부터 벗어나는 고통을 겪으며 삶을 더 이상 신과 악마의 투쟁이 아닌 인간 희극(human comedy)의 장으로 간주함. * 전 가족이 Fairview의 Windsor Avenue 29번지로 이사.
국내 정세	* William O'Brien이 Westpost에서 토지개혁을 주창하며 United Irish League를 결성함. * Victoria 여왕이 아일랜드를 방문함.

작품 장면	* University College의 동료 중에서 종교적 금욕주의자 J.Francis Byrne는 *A Portrait*에서 Cranly로, 세속주의자 Cosgrave는 Lynch로, 민족주의자 George Clancy는 Davin으로, Michael Cusack은 *Ulysses*에서 Citizen 으로, 아내의 이름을 자기 이름에 넣은 Sheehy-Skeffington은 *A Portrait* 에서 Mac-Cann으로 등장.
세계 문학	* Joseph Conrad: *Tales of Unrest* * Henry James: *The Turn of the Screw* * Émile Zola: *Paris* * Italo Svevo: *Senilita* * Gabriele D'Annunzio: *Citta Morta* * Oscar Wilde: *The Ballad of Reading Goal*

• wikiwand
Fairview Road, Dublin
더블린의 페어뷰 도로

• JJ21K
29 Windsor Ave.: 'Noon sick parson. 92 Windsewer. Ave.'【420:24】
윈저 애비뉴 29번지: '그런 사람 살고 있지 않음. 윈저 애비뉴 92번지.'

불멸의 순간 ②

Teary Turty Taubling에서 Haven of Mainland Europe으로

*Teary Turty Taubling[Dear Dirty Dublin]
: 아일랜드 여류 작가 Lady Sydney Morgan이 만든 어구

• elarcadearciniegas.blogspot.com

제임스 조이스, 1904년

◎ 1899~1904(17세~22세) Years of increased creative output

1899년(9월)	Munkácsy의 'Ecce Homo'에 관한 에세이를 쓰다
1900년(1월 20일)	'Drama and Life'를 발표하다
1900년(4월 1일)	'Ibsen's New Drama'를 *Fortnightly Review*에 발표하다
1900년(7월)	희곡 *A Brilliant Career*를 쓰다
1900년(9월)	시극詩劇 *Dream Stuff*를 쓰기 시작하다
1901년(7월 23일)	Hauptmann의 *Vor Sonnenaufgang* 번역을 완성하다
1901년(10월 21일)	Francis Skeffington과 함께 *Two Essays*를 출판하다
1902년(2월 1일)	'James Clarence Mangan'에 관한 논문을 발표하다
1902년(12월 4일)	'An Irish Poet(William Rooney의 *Poems and Ballads*에 대한 서평)'과 'George Meredith'(Walter Copeland Jerrold의 *George Meredith: An Essay towards Appreciation*에 대한 서평)을 쓰다
1903년(1월 29일)	'Today & Tomorrow in Ireland(S. Gwynn의 *Today & Tomorrow in Ireland: Essays on Irish Subjects*에 대한 서평)'를 *Daily Express*에 발표하다
1903년(2월 6일)	'A Suave Philosophy(Harold Fielding-Hall의 *The Soul of a People*에 대한 서평)', 'An Effort at Precision in Thinking(James Anstie의 *Colloquies of Common People*에 대한 서평)', 'Colonial Verses(Sir Clive Phillipps Wolley의 *Songs of an English Esau*에 대한 서평)'를 *Daily Express*에 발표하다
1903년(3월 26일)	'The Soul of Ireland(*Gregory*의 *Poets and Dreamers: Studies and Translations from the Irish*에 대한 서평)'를 *Daily Express*에 발표하다
1903년(9월 3일)	'Aristotle on Education(J.Burnet의 *Aristotle on Education, being Extracts from the Ethics and Politics*에 대한 서평)'을 *Daily Express*에 발표하다

1903년(9월 17일)	'New Fiction(James Aquila Kempster의 *The Adventures of Prince Aga Mirza*에 대한 서평, James Lane Allen의 *The Mettle of the Pasture*에 대한 서평)', 'Peep into History(John Pollock의 *The Popish Plot: A Study in the Reign of Charles II*에 대한 서평)'를 *Daily Express*에 발표하다
1903년(10월 1일)	'A French Religious Novel(Marcelle Tinayre의 *La Maison du péché*에 대한 서평), 'Unequal Verse'(Frederick Langbridge의 *Ballads and Legends*에 대한 서평)', 'Mr Arnold Graves's New Work(Arnold F. Graves의 *Clytæmnestra: A Tragedy*에 대한 서평)'를 *Daily Express*에 발표하다
1903년(10월 15일)	'A Neglected Poet(Alfred Ainger의 *George Crabbe*에 대한 서평)', 'Mr Mason's Novels(A.E.W. Mason의 *The Courtship of Morrice Buckler, The Philanderers and Miranda of the Balcony*에 대한 서평)'를 *Daily Express*에 발표하다
1903년(10월 30일)	'The Bruno Philosophy(James Lewis McIntyre[James Lewis]의 *Giordano Bruno*에 대한 서평)'를 *Daily Express*에 발표하다
1903년(11월 12일)	'Humanism(F.C.S. Schiller의 *Philosophical Essays*에 대한 서평)', 'Shakespeare Explained(Albert Stratford Canning의 *Shakespeare Studied in Eight Plays*에 대한 서평)'를 *Daily Express*에 발표하다
1904년(1월 7일)	에세이 스토리 *A Portrait of the Artist*를 완성하다
1904년(2월 10일)	Stephen Hero의 1장을 완성하다
1904년	'The Sisters'(8월 13일), 'Eveline'(9월 10일), 'After the Race'(12월 17일)가 각각 Stephen Daedalus라는 필명으로 *Irish Homestead*에서 출판되다

Nocturnal Flaneur 밤의 떠돌이

<table>
<tr><td colspan="2" align="center">1899(17세)</td></tr>
<tr>
<td>작가
생애</td>
<td>

* 5월경, Fairview의 Convent Avenue 7번지를 임시 거처로 삼다 다시 Richmond Avenue 13번지로 이사.
* 국립 도서관에서의 독서 생활, 이 무렵부터 다음 해까지 1년은 조이스의 문학적 삶에서 중대한 시절로 작용하는데, Literary and Historical Society에서 'Drama and Life'를 발표하는가 하면, Henrik Ibsen의 *When We Dead Awaken* 불어판을 읽고 쓴 글이 'Ibsen's New Drama'라는 제목으로 당시 저명한 Fortnightly Review지에 실려(1900. 4. 1.) 주변을 놀라게 했으며, 원고료로 받은 12기니(guines)로 1주일간 아버지와 함께 영국을 여행함.
* Ibsen으로부터 받은 편지는 '축복(benison)의 후원(auspice)'이 되어 문학의 세계에 본격적으로 진입하는 계기가 됨.
* 밤엔 더블린의 뒷골목과 리피 강변을 배회하며 '밤의 떠돌이(nocturnal flaneur)'로 도시의 적나라한 이면을 목격함.

</td>
</tr>
<tr>
<td>국내
정세</td>
<td>

* Arthur Griffith와 William Rooney에 의해 United Irishman이 창간(Oliver St John Gogarty, Padraig Pearse, Maud Gonne 등 이 기부에 참여)됨.
* 그해 10월 11일, 보어인과 영국 간 제2차 보어(Boer)전쟁이 발발하자 John MacBride는 보어인 지원을 위한 Irish Transvaal Brigade를 소집하고, Michael Davitt는 이 전쟁에 반대하여 영국 의회 하원직을 버림.

</td>
</tr>
<tr>
<td>작품
장면</td>
<td>

* 그해 10월, 동생을 죽인 혐의로 재판을 받지만 무혐의 처분을 받은 Samuel Childs 사건을 보고 Cain과 Abel의 '동족 살해(fratricide)'에 흥미를 보인 조이스는 *Finnegans Wake*에서 Shem과 Shaun의 갈등으로 재현시킴.
* 또한 Dodder강에서 시체로 발견된 가정부 Brigid Gannon의 살해범으로 지목된 경찰관 Henry Flower가 무혐의 처분을 받은 사건은 조이스에 의해 변용되어 *Ulysses*에 등장하는데, Bloom이 Martha Clifford에게 비밀스러운 연애편지를 보낼 때 사용하는 'Henry Flower'라는 필명이 그것임.

</td>
</tr>
<tr>
<td>세계
문학</td>
<td>

* Joseph Conrad: *Heart Darkness, Lord Jim*
* Leo Tolstoy: *Resurrection*
* W.B. Yeats: *The Wind Amongst the Reeds*
* Vladimir Nabokov 출생
* Ernest Hemingway 출생
* Jorge Luis Borges 출생

</td>
</tr>
</table>

• biblio.ie
Ibsen's New Drama Book Cover
「입센의 새로운 극」 책 표지

• JJ21K
7 Convent Avenue, Fairview
: 'I let faireviews in on slobodens but ranked rothgardes round wrathmindsers'【541:25】
페어뷰, 컨벤트 애비뉴 7번지
: '나는 교외의 페어뷰를 임대했지만 라스만 근처의 라스가에 자리를 잡았다'

• JJ21K

13 Richmond Avenue, Fairview: 'Good for you, Richmond Rover!'【375:21】
페어뷰, 리치몬드 애비뉴 13번지: '좋았어, 리치몬드 거리 배회자!'

On the Threshold 경계의 지점

1900(18세)	
작가 생애	* Fairview의 Royal Terrace 8번지(나중에 Inverness Road로 개명)로 이사. 5월에 Ibsen으로부터 찬사의 편지를 받기 전에는 Irishman이었으나 이후에 European으로 거듭날 정도로 당시 출판된 주요 문학작품(Ibsen에서부터 Dante, Flaubert, 그리고 H.S. Olcott의 *A Buddhist Catechism*에 이르기까지)을 두루 섭렵함(주로 Kildare Street의 National Library에서 폐관 시간인 밤 10시까지 책을 읽음). * 시절은 바야흐로 20세기의 길목, 더블린 사회 전반의 풍경에는 제어하기 힘든 아일랜드인 특유의 기질이 묻어남. * 일례로 St Patrick's Day에 Trinity 대학생들이 College Green을 지나던 Timothy Harrington 시장의 행렬에 달려들어 그에게 orange(아일랜드 국기는 orange, white, green색)를 들이밀며 격하게 환영함.
국내 정세	* Charles S. Parnell의 Irish National League 의장직 사임 반대에 저항하여 생겨난 Irish National Federation과의 분열이 10년 만에 John Redmond를 의장으로 한 Irish Parliamentary Party로 통합됨. * Victoria 여왕이 Kingstown에 도착, Phoenix Park에서 5만 2천 명의 어린이들 환영을 받음. * 19세기를 보내고 20세기를 맞이하는 행사가 전국적으로 개최됨.

작품 장면	* 아버지와 영국 여행을 할 때 Philip Smith라는 사진사와 Bray 출신의 여성 조수가 동행했는데, *Ulysses*에는 Mullingar 사진사와 Milly Bloom으로 나옴.
세계 문학	* Joseph Conrad: *Lord Jim* * Gabriele D'Annunzio: *The Flame of Life* * Theodore Dreiser: *Sister Carrie* * George B.Shaw: *Captain Brassbound's Conversion* * Sigmund Freud: *The Interpretation of Dreams* * Oscar Wilde: 궁핍한 말년을 보내다가 11월 30일에 46세를 일기로 세상을 떠남.

• Wikimedia Commons
College Green: 'Manyfestoons for the Colleagues on the Green'【106:35】
칼리지 그린: '칼리지 그린 공원에 있는 동료들을 위한 시위 운동'

• JJ21K

8 Royal Terrace: 'Q.V.8 Royal Terrors.'【420:28】

로열 테라스 8번지: '실거주. 로열 테라스 8번지.'

• theosophy.wiki

Henry Steel Olcott(1832~1907)

독일계 우크라이나 출신의 헬레나 블라바츠키(Helena P. Blavatsky)와 함께
1875년 뉴욕에서 신지학회(Theosophical Society)를 창설했던 미국 육군 장교 출신의 올코트 대령

Martello Tower 조이스 문학의 랜드마크

	1901(19세)
작가 생애	* 시인이자 이비인후과 의사이면서 운동선수, 정치인이기도 했던 Oliver St John Gogarty(1878~1957)를 처음으로 만나게 되는데, 그는 조이스의 천재성에 경탄하면서 함께 어울리기를 즐거워함. * Martello Tower에서 6일간의 추억을 남기고 둘은 영원히 결별함. * 10월 14일, St Stephen's(University College Journal)에 'The Day of the Rabblement'라는 도발적인 제목의 글을 기고하지만 로마 카톨릭의 블랙리스트에 오른 D'Annunzio의 Il fuoco를 인용했다는 이유로 거절당함. * 그해 5월 신지학(Theosophy)에 짧게 관심을 가짐. * 끊임없이 시를 쓰고 문학작품의 행간을 곱씹으며, 지꺼분한 현실 너머 예술 세계에서 살아감. * Glengariff Parade 32번지로 이사, 이듬해 조이스의 더블린에서의 마지막 주소인 Cabra의 St Peter's Terrace 7번지로 다시 옮김.
국내 정세	* 63여 년간 왕위에 있던 Queen Victoria(1819~1901)가 1월 22일 81세의 나이에 죽고. 2월 2일 Windsor Castle의 St George's Chapel에서 장례식이 거행됨. * 그녀의 아들이 Dublin Castle에서 열린 대관식에서 Edward VII로 왕위에 오름.
작품 장면	* 이즈음 조이스의 산책과 독서 그리고 사색의 시간들은 *A Portrait*에서 Stephen Dedalus가 더블린의 North Side에서 University College까지 산책하는 장면으로 묘사됨. * 당시 심령론(spiritualism)에 심취해 있던 George Russell을 조이스는 *Ulysses*에서, 'The lords of the moon, Theosophos told me, an orangefiery shipload from planet Alpha of the lunar chain would not assume the etheric doubles.'(545)라며 조롱함. * Edward VII의 대관식 장면은 *Ulysses*에서, 'On coronation day, on coronation day, O, won't we have a merry time, Drinking whisky, beer and wine!'(692)에 나옴.
세계 문학	* D'Annunzio: *Francesca da Rimini* * Thomas Mann: *Buddenbrooks* * Henry James: *The Sacred Fount* * Emile Zola: *Travail* * Thomas Hardy: *Poems of the Past and the Present* * Sully Prudhomme 최초의 노벨문학상 수상자(프랑스 시인)

• Wikimedia Commons
The Dublin Castle
: 'How diesmal he was lying low on his rawside laying siege to goblin castle'【301:27】
더블린 성城
: '더블린 성을 에워싸고 우측으로 납죽 엎드리고 있는 그의 모습이 얼마나 볼썽사나운가'

• JJ21K
7 St Peter's Terrace, Cabra: '7 Streetpetres. Since Cabranke'【420:35】
카브라, 성 피터 테라스 7번지: '성 피터 테라스 7번지, 카브라'

Dublin to Paris 유럽 대륙으로의 비상

<table>
<tr><td align="center">1902(20세)</td></tr>
</table>

작가 생애	* 남동생 George가 14번째 생일을 3개월 앞두고 장티푸스로 죽음(5월 3일). * University College를 졸업하고 Royal Medical School에 등록함. * 일찍이 W.B. Yeats가 22살에, George Bernard Shaw가 20살에, 그리고 Oscar Wilde가 20살에 더 넓은 세상을 동경하여 아일랜드를 떠났듯이 21살의 조이스는 11월 18일 여류 극작가 Isabella Augusta Gregory(Lady Gregory)에게 다음과 같은 편지를 보낸다: 'I am going to Paris. I intend to study medicine at the University of Paris supporting myself there by teaching English.' * 그리고 1902년 12월 1일, 더블린 남동부의 Kingstown(지금의 Dun Laoghaire) 부두에서 정기 우편선 Irish Mail에 몸을 실은 조이스는 이튿날 아침 6시 영국 웨일즈 서북부 Aglesey의 Holyhead에 도착하자마자 곧장 London의 Euston Station으로 향하고 그곳에서 W.B. Yeats를 만나(12월 2일) 그의 도움으로 Paris로 건너가 의과대학에 등록하려 했으나 보건국의 거부와 경제적 문제로 포기하고 Yeats에게 문학의 길을 걷겠다는 의향을 밝힘. * National Library에서 처음으로 Oliver St John Gogarty를 만남. * 2월 15일에는 Literary and Historical Society에서 'James Clarence Mangan'을 발표한 글이 그해 5월, St Stephen's에 게재됨.
국내 정세	* Vereeniging 협정(5월 31일)으로 2차 보어전쟁이 종식됨. * Arthur Balfour(1848~1930)가 영국의 Prime Minister직에 오름. * Belfast에 The Ulster Literary Theatre가 건립됨.
작품 장면	* George의 요절은 *A Portrait*에서 Stephen의 여동생 Isabel이 이른 나이에 죽는 것으로 묘사됨: '…and then she made them leave the bedroom door open and closed her eyes…Isabel died a little after midnight.' * 또한 조이스가 동생에 대한 애정이 얼마나 애틋했는지가 그의 Epiphanies에 잘 나타나 있다: '…I am very sorry he died. Poor little fellow! Everything is so uncertain!'
세계 문학	* Lady Gregory: *Poets and Dreamers* * W. Somerset Maugham: *Mrs Craddock* * Russell(A.E.): *The Divine Vision* * George B. Shaw: *Man and Superman*

• Britannica
Isabella Augusta, Lady Gregory (1852~1932)
그녀는 예이츠(William Butler Yeats) 등과 함께 애비 극장(Abbey Theatre)과
아일랜드 문학 극장(Irish Literary Theatre)을 공동 창립함

• tide-forecast
Dun Laoghaire[Dunleary/Kingstown] Harbor
: 'Blake-Roche, Kingston and Dockrell auriscenting him from afurz'【294:22~23】
던리어리[던리어리/킹스타운] 항구
: '아주 멀리서 그의 귀에 들리고 코에 냄새가 나는 블랙락, 킹스타운 그리고 달키'

• National Library, Dublin
: 'William Archer's···cathalogue···the route to our nazional labronry'【440:05】
더블린 국립 도서관: '윌리엄 아처의···자료 목록···국립 도서관으로 가는 경로'

Mother Dying Come Home Father 어머니의 죽음

1903(21세)	
작가 생애	* 1월 23일 Paris로 돌아가서 J.M. Synge(이들은 3월 13일 결별함), Joseph Casey와 교류함. * 4월 10일 아버지로부터 전보('Mother dying come home father'- *Ulysses* 52)를 받고 더블린으로 돌아옴. * 그해 8월 13일 어머니는 44세의 나이로 세상을 떠남.
국내 정세	* St Patrick's Day가 공휴일(bank holiday)로 지정됨. * Pigeon House 발전소가 전기를 생산하기 시작함.
작품 장면	* 어머니의 고통스러운 투병이 *Ulysses* 'Telemachus' 장에서 Stephen의 입을 통해 전달되고 있음: 'A bowl of white china had stood beside her deathbed holding the green sluggish bile which she had torn up from her rotting liver by fits of loud groaning vomiting'(4)
세계 문학	* Jack London: *Saturday Evening Post*지에 *The Call of the Wild* 연재 시작 * George Bernard Shaw: *Man and Superman* * Joseph Conrad: *Typhoon and Other Stories* * Samuel Butler: *The Way of All Flesh* * Henry James: *The Ambassadors* * W.B. Yeats: *In the Seven Woods* * George Orwell 출생

• www.themorgan.org
조이스의 어머니 Mary Jane Joyce
그녀는 44세이던 1903년 8월 13일 St Peter's Terrace에서 암으로 세상을 떠남

• Wikimedia Commons
Pigeon House[Poolbeg Plant], Sandymount Beach
: 'By the smell of her kelp they made the pigeonhouse'【197:32】,
'Poolbeg flasher beyant, pharphar'【215:01】
샌디마운트 해변, 피전 하우스[풀베그 발전소]
: '그들은 더블린의 해초 냄새가 나는 가까운 곳에 발전소를 세웠다.',
'건너편 풀베그 발전소의 점멸등, 저 멀리 등대'

Bloomsday 블룸스데이

1904(22세)

<table>
<tr><td rowspan="1">작가
생애</td><td>

* 여동생 Margaret이 자기보다 어린 동생들이 성장하면 수녀의 길을 가겠다고 선언, 실제로 1909년에 Sister of Mercy에 들어감.
* 에세이 스토리 *'A Portrait of the Artist'*를 완성하고(1월 7일), *Stephen Hero* 집필을 시작함. Dana, The Speaker, Saturday Review 등에 시를 발표, 이 시들을 *Chamber Music*으로 엮음.
* 당시 George Russell(A.E.)이 편집자로 있던 Irish Homestead에 'The Sisters', 'Eveline', 'After the Race'를 기고함.
* 6월 10일 오후, 가든 바자(garden fete)에서 노래하기 위해 Nassau Street를 지나가다가 순간 자석처럼 한 여인(바로 운명의 뮤즈, Nora Joseph Barnacle)에게 이끌림.
* 6월 15일 재회를 기약하지만 그녀가 나타나지 않자 편지를 보내게 되고 마침내 6월 16일, Ringsend의 부두에서 세계 문학사상 가장 극적인 '세기의 만남(Bloomsday)'이 이뤄짐.
* 9월 9일, Oliver St John Gogarty와 그의 옥스퍼드 대학 친구인 Dermot Chenevix Trench와 함께 Sandycove의 Martello Tower에서 6일간 지내게 됨.
* 10월 8일, 수많은 이민자들이 배에 몸을 실었던 North Wall에서 Nora와 함께 런던을 거쳐 조이스의 문학적 로망인 유럽 대륙을 향함. 이 첫발은 훗날 엄혹한 Literary Odyssey의 서막을 알림.

</td></tr>
</table>

국내 정세	* Gaiety Theatre에서 Mrs. Bannerman Palmer가 *Leah, the Forsaken*을 발표함. * Queen's Theatre에서 Elster-Grime Grand Opera Company가 *The Lily of Killarney*를 공연함.
작품 장면	* Nora를 처음 본 순간의 epiphany를 *Finnegans Wake*에, 'she's flirty, with her auburnt streams, and her coy cajoleries, and her dabblin drolleries'(139)로 적고 있음. * Stephen(Joyce), Buck Mulligan(Gogarty), Haines(Trench)의 마텔로탑에서의 갈등 구조가 *Ulysses*의 'Telemachus' 장(3)에 나옴. * 런던행 뱃삯을 Lady Gregory(Isabella Augusta Persse)와 George Russell(A.E.)로부터 빌리게 되는데, 이는 *Ulysses*의 'Scylla&Charybdis'에 'A.E.I.O.U.'(243)로 나옴.
세계 문학	* D'Annunzio: *Alcione* * George Russell(A.E.): *The Divine Vision* * Joseph Conrad: *Nostromo*

• wikiwand
Martello Tower, Sandycove Dublin
더블린 샌디코브 해변의 마텔로 탑
현재는 James Joyce Tower&Museum으로 쓰이며 조이스가 1904년 9월 9일부터 14일까지 여섯 밤을 보낸 곳으로 불멸의 명작 Ulysses의 첫 페이지를 장식하고 있는 문학 현장이기도 함.

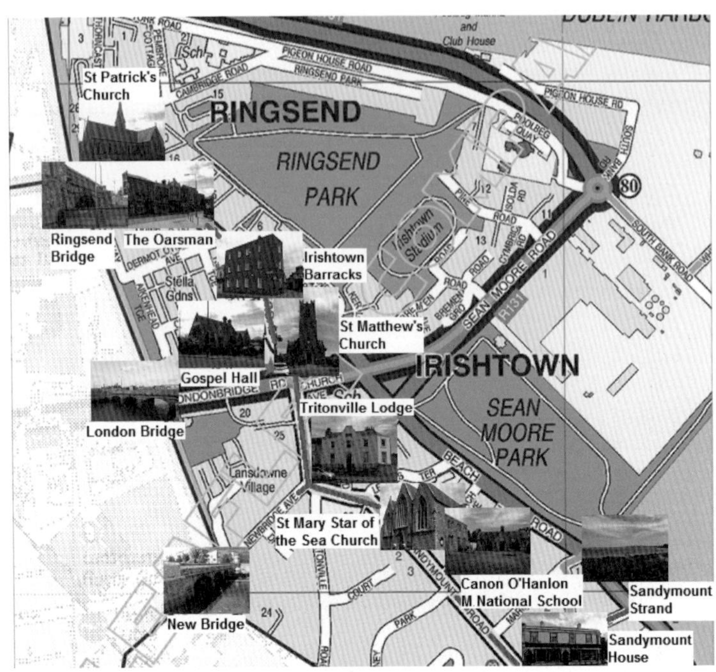

• fwikiwand

Ringsend Pier: 'and then into the Good Woman at Ringsend'【083:20】
링샌드 부두: '그리고 링샌드에 있는 굳 우먼 선술집에 들르다'

• Wikimedia Commons

North Wall Quay: 'heaving up the Kay Wall by the 32 to 11'【095:14】
노스 월 부두: '노스 월 부두를 32:11 비율로 끌어올리며'

불멸의 순간 ③

Tarry-Easty의 아드리아해海 노을에 물들다

*Tarry-Easty[Trieste]: 조이스가 16년간 살면서
가장 왕성한 창작 활동을 한 이탈리아 동북부의 도시

• https://blog.xlibris.com

불멸의 순간 ③

제임스 조이스, 1915년

◎ 1905~1914(23세~32세) Years of writing celebrated works

1905년(7월 1일)	'The Boarding House'를 완성하다
1905년(7월 15일)	'Counterparts'를 완성하다
1905년(9월 24일)	'A Mother'를 완성하다
1906년(2월 22일)	'Two Gallants'를 Richards에게 보내다
1906년(11월 13일)	*Ulysses* 집필을 최초로 구상하다
1907년(3월 22일)	이탈리아어로 쓴 'Il Fenianismo: L'ultimo Feniano('Fenianism: The Last Fenian')' 기사를 트리에스테의 *Il Piccolo della Sera* 신문에 기고하다
1907년(5월 6일)	*Chamber Music*이 Mathews에 의해 출판되다
1907년(5월 19일)	이탈리아어로 쓴 'Home Rule maggiorenne('Home Rule Comes of Age')' 기사를 *Il Piccola della Sera* 신문에 기고하다
1907년(9월 16일)	이탈리아어로 쓴 'L'Irlanda alla sbarra('Ireland at the Bar')' 기사를 *Il Piccolo della Sera* 신문에 기고하다
1909년(3월 24일)	이탈리아어로 쓴 'Oscar Wilde: il poeta di "Salomé"('Oscar Wilde: The Poet of "Salomé")' 기사를 *Il Piccolo della Sera* 신문에 기고하다
1909년(8월 19일)	Maunsel and Co.와 *Dubliners* 출판을 계약하다
1909년(9월 5일)	이탈리아어로 쓴 'La battaglia fra Bernard Shaw e la censura: "Blanco Posnet smascherato"('The Battle between Bernard Shaw and the Censor: "The Shewing-Up of Blanco Posnet")'를 *Il Piccolo della Sera* 신문에 기고하다
1910년(12월 22일)	이탈리아어로 쓴 'La Cometa dell' "Home Rule"('The Home Rule Comet')' 기사를 *Il Piccolo della Sera* 신문에 기고하다
1912년(5월 16일)	이탈리아어로 쓴 'L'ombra di Parnell('The Shade of Parnell')' 기사를 *Il Piccolo della Sera* 신문에 기고하다

1912년(8월 11일)	이탈리아어로 쓴 'La città delle tribù; Ricordi italiani in un porto irlandese('The City of the Tribes; Italian Memories in an Irish Port')' 기사를 *Il Piccolo della Sera* 신문에 기고하다
1912년(9월 5일)	이탈리아어로 쓴 'Il miraggio del pescatore di Aran: La valvola dell'Inghilterra in caso di guerra('The Mirage of the Fisherman of Aran-England's Safety Valve in Case of War')' 기사를 *Il Piccolo della Sera* 신문에 기고하다
1912년(9월 14일)	Flushing에서 Salzburg로 가는 기차 안에서 'Gas from a Burner'라는 풍자시를 쓰다
1914년(3월 1일)	*Ulysses* 집필을 시작하다, 그러나 *Exiles* 작업을 위해 보류하다
1914년(6월 15일)	*Dubliners*가 출판되다

• archivio.ilpiccolo.it
트리에스테에서 발행된 Il Piccolo della Sera 신문

Literary Odyssey 유랑의 삶

<table>
<tr><td colspan="2" align="center">1905(23세)</td></tr>
<tr><td>작가
생애</td><td>

* 1904년 10월 9일 London에서 Paris로, 1904년 10월 11일 Paris에서 Zurich로, 1904년 10월 20일 Zurich에서 Trieste(한편 Trieste로 가는 도중, 즉 10월 19일, 하차 역을 착각하여 엉뚱하게 Slovenia의 Ljubljana역 1번 플랫폼에 내리게 되고, 이렇게 Joyce 와 Nora는 낯선 곳에서의 가을밤에 근처 공원으로 들어가 영롱하게 반짝이는 별을 헤며 낭만적인 노숙을 하게 됨)로 향함.
* 1904년 10월 29일 Trieste에서 Pola[Pula]로, 1905년 3월 5일 Pola에서 다시 Trieste로 돌아와 이후 그곳에서 16년간(1904~1920)을 작가 생활 중 가장 풍성한 창작의 시기로 지냄.
* Berlitz School에서 영어를 가르침.
* 아들 Giorgio가 태어남(7월 27일). Grant Richards에 *Chamber Music*과 *Dubliners* 원고를 넘김.
* 동생 Stanislaus가 Trieste에 도착함(10월 27일).

</td></tr>
<tr><td>국내
정세</td><td>

* 아일랜드 감자 대기근(Great Famine 또는 Irish Potato Famine: 1845~1849) 이후 1851년부터 1904년까지 약 400만 명이 아일랜드를 떠난 것으로 집계됨(5월 29일).
* Arthur Griffith에 의해 Sinn Fein('Ourselves' 또는 'We Our-selves'의 뜻)이 창당됨(11월 28일).
* Irish Independent 초판 발행.

</td></tr>
<tr><td>작품
장면</td><td>

* Joyce와 자칭 'Brother's Keeper'로 부른 동생 Stanislaus의 인물 비교는 *Finnegans Wake*의 Shem the penman(작가 솀)과 Shaun the postman(집배원 숀)만큼 극명하게 대비되는데, 즉 얌전하고(sober) 키가 작은(short) 동생 Stanislaus가 개미(ant) 경찰관(cop) 예산집행인(budgeter)이라면, 형 Joyce는 들뜨고(gay) 훌쭉하며(thin) 배짱이(grasshoper) 부랑자(bum) 낭비가(spender) 성향을 지님.

</td></tr>
<tr><td>세계
문학</td><td>

* O. Henry: *The Gift of the Magi*
* George Moore: *The Lake*
* J.M.Synge: *The Well of the Saints*
* George Bernard Shaw: *Major Barbara*
* Edith Wharton: *The House of Mirth*

</td></tr>
</table>

• Slovenia의 Ljubljana역 1번 플랫폼

• Plaque at Ljubljana Station, Slovenia
: 'On October 19, 1904, James Joyce spent the night in Ljubljana.'
슬로베니아, 류블랴나 기차역에 있는 명판
: '1904년 10월 19일, 제임스 조이스는 그날 밤을 류블랴나에서 보냈다.'

• Berlitz School(now Boutique Hostel) in Pula
: 'to ensign the colours by the beerlitz in his mathness'【182:07】
크로아티아 풀라에 있는 벌리츠 스쿨(지금은 부티크 호스텔)
: '벌리츠 스쿨에서 지도할 때 특색 있게 가르치고'

Rome Ruins Roam 로마 유적의 악몽

<table>
<tr><td></td><td colspan="2" align="center">1906(24세)</td></tr>
<tr><td>작가
생애</td><td>

* 7월 30일, 24살의 Joyce는 22살의 Nora와 돌을 갓 지난 Giorgio를 데리고 기대와 불확실성이 기다리는 멀고도 고단한 길을 떠나는데, Fiume(오늘날의 Rijeka)까지 기차로, 그곳에서 Ancona까지 밤배로(궁핍했던 그들은 갑판에서 밤을 지새움), 다시 기차로 'Eternal City' Rome에 도착함.
* 'The Dead(Cimitero Acattolico Cemetery)'에 있는 Percy B.Shelly의 묘비를 본 Joyce는, 이후 Oscar Wilde의 *The Picture of Dorian Gray*를 읽고 난 뒤 '죽음, 시체, 암살'의 무서운 꿈에 시달림. 여기에 Nora의 첫사랑 Michael Bodkin이 누워있는 Galway의 Rahoon Cemetery 이미지까지 겹치면서, 단편집 *Dubliners*의 마지막 중편의 제목을 'The Dead'로 정하고 집필을 시작함.
* Rome에서의 첫 주, Joyce는 St Peter's, the Pincio, the Forum, the Coliseum과 Spanish Steps 근처의 Caffe Greco를 찾아감.
* Nast-Kolb & Schumacher 은행에서 통신 담당을 맡아 고단한 생활을 이어감.

</td></tr>
<tr><td>국내
정세</td><td>

* 영국 총선에서 Liberal Party가 압도적 득표를 함.
* Belfast에 Royal Victoria Hospital이 건립됨.

</td></tr>
<tr><td>작품
장면</td><td>

* *Finnegans Wake*에서 'one has thoughts of that eternal Rome'(298)이었던 그곳에서의 생활이 불행했던 탓일까? 아담한 Liffey강에 비해 거칠게 흐르는 Tiber 강물조차 시끄럽게 신음하는 소리로 들림('All day I hear the noise of waters/Making moan,/Sad as the sea-bird is when, going/I hear the noise of many waters/Far below./All day, all night, I hear them flowing/To and fro.' -*Chamber Music*).
* 더욱이 Rome은 '폐허, 뼈와 해골 더미로 장식된 죽음의 꽃'으로 보였으며, Colosseum은 '부서진 돌기둥과 조각들이 나뒹구는 낡아빠진 묘지'로 비침.

</td></tr>
<tr><td>세계
문학</td><td>

* Samuel Beckett(1906. 4. 13.~1989. 12. 22.)가 Dublin의 Foxrock에서 태어남
* Ford Madox Ford: *The Fifth Queen*
* Hermann Hesse: *Beneath the Wheel*
* George Moore: *My Dead Life*
* Upton Sinclair: *The Jungle*

</td></tr>
</table>

• Rijeka Station, Croatia
크로아티아 리예카

• Ancona Station, Italy
앙코나 이탈리아

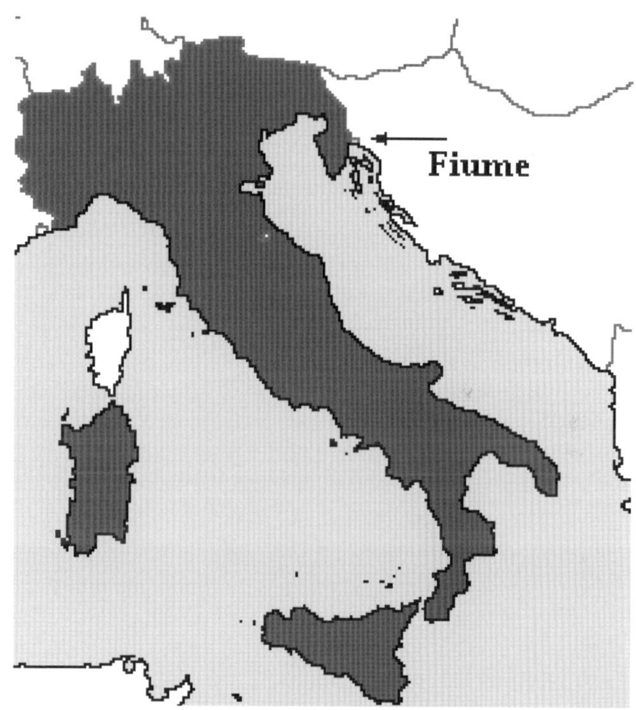

• Link Check
Fiume[Rijeka], Croatia: 'I chained her chastemate to grippe fiuming snugglers'【548:08】
크로아티아, 피움[리예카]
: '불끈해서 들이대는 자들을 붙들어 매기 위해 나는 그녀에게 정조대를 채웠다'

• bounce
Rome, The Eternal City: 'acknowledging the rule of Rome'【129:26】
영원한 도시, 로마: '로마의 법칙을 인정하면서'

Svevo & Livia 블룸과 ALP의 모델

1907(25세)

작가 생애

* 3월 초 다시 Trieste로 돌아와서(이후 9년 동안 그곳에서 지냄) 가정교사 생활을 했는데, 이때 학생들 중 하나였던 Aron Ettore Schmitz(1861~1928, 그는 Joyce보다 19살이나 더 많았고 가톨릭으로 개종한 유대인이었다), 즉 Italo Svevo와는 문학 담론을 펼치는 등 각별한 관계를 유지함. 특히 그의 아내 Livia Veneziani Svevo의 긴 머리카락은 *Finnegans Wake*의 Anna Livia Plurabelle 이미지를 제공하게 되며, 하루는 그들에게 'The Dead'를 읽어주자 Livia가 Joyce에게 감동의 꽃다발을 안겨줌.
* 딸 Lucia Anna Joyce(1907. 7. 26.~1982. 12. 12.)가 General Hospital Maternity Ward에서 태어남(Lucia는 스칸디나비아의 성인 이름으로 '어둠의 시간에 빛을 던져주다'라는 뜻).
* *Chamber Music*이 Elkin Mathews에 의해 출간됨. Joyce의 눈 질환이 시작됨.
* 'The Dead'를 완성하게 되는데, 이 작품은 미국 소설가 Francis Brett Hart(1836~1902)의 *Gabriel Conroy*(1876)의 영향을 받음.
* Trieste의 Il Piccolo della Sera 신문에 Feminism 관련(3월 22일), 'The Home Rule Comet'(5월), 'Ireland at the Bar'(9월) 기사를 각각 이탈리아어로 기고함.

국내 정세	* 더블린에서 Irish International Exhibition이 개최됨(5월 4일). * Edward VII와 Queen Alexandra가 Irish International Exhibition을 방문함(7월 10~11일). * Irish Parliamentary Party의 Mansion House(Dawson Street에 있는 더블린 시장 관저) 회동이 Sinn Fein당에 의해 무산됨.
작품 장면	* '파티(It was always a great affair, the Misses Morkan's annual dance.)'로 시작해서 '시체(the snow…falling…upon all the living and the dead.)'로 끝나는 'The Dead'에서 아내 Gretta가 그 옛날 몹시도 추웠던 어느 날 밤 자기 집에 고백하러 왔다가 병이 들어 며칠 뒤 죽고 만 첫사랑 Michael Furey를 아직 잊지 못하고 있다는 사실에 괴로워하는 Gabriel Conroy의 모습은, Joyce와 Nora 그리고 Nora의 옛 연인 Michael Bodkin 사이의 러브 스토리와 닮아있음. 1909년과 1912년에 Nora의 고향(Galway)을 방문한 Joyce는 Rahoon Cemetery에 묻힌 Bodkin을 찾아 'She Weeps Over Rahoon'이라는 슬프도록 아름다운 시를 남김.
세계 문학	* J.M. Synge: *The Playboy of the Western World*가 Abbey Theatre에서 초연됨.

• Anna Livia Plurabelle at Croppies Memorial Park, Dublin
더블린 크로피스 기념 공원의 애나 리비아 플루라벨 조각상

• Joyce at Trieste: 'And trieste, ah trieste ate I my liver!'【301:16】
트리에스테의 조이스: '슬프다, 아 슬프다 나의 영혼이 슬프다!'

• Avondlog
Livia Veneziani Svevo
리비아 베네지아니 스베보(이탈로 스베보의 부인)

Ocular History 홍채염·녹내장·백내장

1908(26세)	
작가 생애	* 3월 말경 *A Potrait of the Artist as a Young Man*의 제1장과 제2장을 완성하고 4월에 제3장을 매듭지음. * Synge의 *Riders to the Sea*를 이탈리아어로 번역함. * Nora가 임신 3개월에 유산을 함(8월 4일).
국내 정세	* National University of Ireland가 설립됨(7월 31일). * Irish Transport Workers' Union이 결성됨(12월 29일).

작품 장면	* Nora의 유산(miscarriage)은 *Ulysses*에서 Bloom의 아들 Rudy가 태어난 지 얼마 되지 않아 죽자 크게 상심하는 장면으로 묘사됨: 'She knew from the first poor little Rudy wouldn't live.'(80)
세계 문학	* W. Somerset Maugham: *The Magician* * Ezra Pound: 미국을 떠나 유럽으로 건너와 그해 8월, 영국에 정착함. * J.M. Synge: *The Tinker's Wedding* * Jack London: *The Iron Heel*

• wikipedia
Nora Barnacle(1884~1951) from Galway
: 'down Spanish Place···Sligo's sleek but Galway's grace'【141:01】
골웨이 출신의 노라 바나클
: '스페인 광장 아래쪽···슬라이고는 말쑥하지만 골웨이는 우아하다'

Dirty Letters 사랑과 전쟁

<table><tr><td colspan="2" align="center">1909(27세)</td></tr>
<tr><td rowspan="3">작가
생애</td><td>* Maunsel & Co.에 *Dubliners* 출판 계약과 National University 교수직을 타진할 요량으로 아들 Giorgio와 함께 더블린에 도착(7월 29일)함.</td></tr>
<tr><td>* 의학 공부 시절 Gogarty와 더불어 친구였던 Vincent Cosgrave가 자신이 한때(Joyce와 Nora의 연애 시절) Nora와 친밀한 관계를 가진 적이 있다는 말을 흘리는데 이에 Joyce는 Nora에게 "Is Georgie my son?···Perhaps they laugh when they see me parading 'my' son in the streets."라는 편지까지 쓰게 되지만, 곧 Cosgrave의 말이 Gogarty가 부추겨서 던진 거짓말이었다는 사실을 Byrne으로부터 듣고서, 그때부터 다시 Nora에게 이른바 'dirty' letter를 보내면서 화해를 청함.</td></tr>
<tr><td>* 9월 여동생 Eva와 함께 Trieste로 돌아갔다가(9월 9일), 한 달 후 cinema agent 업무차 다시 더블린으로 돌아와 44 Fontenoy Street와 4 Bowling Green에서 지냄.</td></tr></table>

국내 정세	* National University에서 Ernest Shackleton이 'Nearest the South Pole'이라는 제목의 강연을 함(12월 14일). * Joyce가 cinema agent로 참여한 Ireland 최초의 전용 극장 Volta Cinematograph가 Mary Street에 개관함(12월 20일).
작품 장면	* Nora에게 보낸 화해의 편지에는 Joyce의 간절함이 묻어난다: 'My daring I am terribly upset that you haven't written. Are you ill? I sent you three enormous bags of shell cocoa today…We will defeat their cowardly plot, love. Forgive me, sweetheart, won't you?…It has been a bitter experience and our love will now be sweeter. Give me your lips, my love.'
세계 문학	* George Bernard Shaw: *The Shewing-Up of Blanco Posnet* * Ezra Pound: *Personae* * Gertrude Stein: *Three Lives* * John Millington Synge 사망

• Washington State University
44 Fontenoy Street
: 'That was the tictacs of the jinnies for to fontannoy the Willingdone'【009:06】
퐁테노이가街 44번지: '그것은 윌링던을 괴롭히기 위한 요정들의 술책이었습니다'

• GalwayTourismOffice
4 Bowling Green
: 'and he would jokes bowlderblow the betholder with his black masket off
the bawling green'【517:09】
볼링그린 4번지
: '볼링그린을 벗어난 그는 시꺼먼 머스킷 총을 들고 방망이 든 사람을 색출하며 조롱했다'

Eternal Exile 1912 평생 망명의 길

1910(28세)	
작가 생애	* 여동생 Eileen과 함께 Trieste로 돌아옴(1월 2일). * Maunsel & Co.가 *Dubliners* 출판을 계속 지연시킴. * Volta Cinema가 문을 닫음.
국내 정세	* James Connolly가 미국에서 귀국함(7월). * Irish Republican Brotherhood가 Irish Freedom을 발행함(11월).
작품 장면	* 'Ivy Day in the Committee Room'에서 Queen Victoria를 Edward VII 의 'bloody old bitch of a mother'로 묘사(다시 old mother로 수정)한 것을 이유로 Maunsel & Co.가 *Dubliners* 출판을 지연시킴.
세계 문학	* George B.Shaw: *Misalliance* * Hermann Hesse: *Gertrud* * J. M. Synge: *Deirdre of the Sorrows* * Ezra Pound: *The Spirit of Romance* * S. Freud: *Psychoanalysis* * Mark Twain 사망

• KSRL Blog

MAUNSEL & CO., Ltd.

: 'when Robber and Mumsell, the pulpic dictators···boycotted him'【185.01】

먼셀 앤 컴퍼니 출판사: '매체의 최고 실권자인 먼셀 앤 컴퍼니 출판사는 그를 보이콧했다'

1910년, Maunsel & Co.가 『더블린 사람들』 출판이 '9월에 준비된(Ready in September)'다고 약속 공고를 내고도 지키지 않아 조이스가 원고를 회수하고자 했으나 인쇄본은 소각되고 파기된 뒤였다. 이 사건을 계기로 조이스는 더블린을 떠나 다시는 돌아오지 않는다. 조이스는 네덜란드 플러싱(Flushing)으로 가는 기차를 기다리는 동안 'Gas from a Burner'라는 시를 지어 울분을 토한다. 『더블린 사람들』은 천신만고 끝에 1914년 런던의 Grant Richards에 의해 세상에 나오게 된다.

Dubliners 『더블린 사람들』

1914(32세)	
작가 생애	* Dora Marsden(즉 Harriet Shaw Weaver)이 발행하는 London의 The Egoist지에 2월 2일(Joyce의 생일)부터 이듬해 9월 1일까지 *A Portrait of the Artist as a Young Man*을 25회 분량으로 나누어 연재함. ☞ The Freewoman: A Weekly Feminist Review(1911. 11.~1912. 10.)⇨The New Freewoman(1913. 6.~1913. 12.)⇨The Egoist: An Individualist Review(1914. 1.~1919. 12.) * 1906년부터 무려 9년간 지속적으로 Joyce에게 좌절감을 안겨주었던 *Dubliners*가 Grant Richards에 의해 세상의 빛을 보게 됨(6월 15일). * *Ulysses*와 *Exiles* 집필을 시작함.

국내 정세	* Irish Home Rule Bill이 영국 하원에서 통과됨(5월 25일). * 7월 28일 Austria가 Serbia에 선전포고를 하면서 촉발된 The Allies(Great Britain, France, Italy, Russia, United States)와 The Central Powers(Austria-Hungry, Germany, Turkey) 간의 World War I(1914. 7. 28.~1918. 11. 11.) 발발.
작품 장면	* Grant Richards의 새로운 계약 조건에 동의하면서 보낸 편지에 그간의 애증이 고스란히 묻어난다: 'I hope our troubles are now at an end and wish your house and myself and the ill-fated book good luck.'
세계 문학	* D.H. Lawrence: *The Prussian Officer and Other Stories* * Theodore Dreiser: *The Train* * Ezra Pound: ed. Deas Imagiste: *An Anthology* * Sinclair Lewis: *Our Mr. Wrenn* * Gertrude Stein: *Tender Buttons*

• British Library
Harriet Shaw Weaver(1876~1961)
해리엇 쇼 위버
영국의 잡지 편집자이자 정치운동가

Published on the 1st of each month

THE EGOIST

AN INDIVIDUALIST REVIEW

Formerly the NEW FREEWOMAN

No. 3.—Vol. III.   WEDNESDAY, MARCH 1st, 1916   SIXPENCE.

Editor: HARRIET SHAW WEAVER.
Assistant Editor: RICHARD ALDINGTON.

Contributing Editor:
DORA MARSDEN, B.A.

CONTENTS

VIEWS AND COMMENTS

IT is said that doctors are not seldom at a loss in lunacy cases to detect signs of lunacy when a patient is on his guard and seemingly showing his whole mind, until suddenly an unexpected word crops up which at once gives him his start and sets him riding away on his mania. If so, it seems that a single method of detection serves equally well with maniacs and those of us saner ones who are able to wear our minor manias in the guise of foibles merely. For it is observable how the use of a single word or phrase will indicate the weight of a character and serve as an index of what measure of resistance may be expected from it. As a more vivid impression of a scene may often be obtained through a small opening which frames off distracting details than by a full uninterrupted sweep over a wide horizon, so the tell-tale pass-word will often lay bare the hidden depths and the shallows and blind-spots of a man's mind with greater clearness than a studied and continued conversation. There is a two-worded phrase whose use appears to me to possess particularly this all-indicative function—our " higher nature."

* * * *

There seems to be no reason for objecting to a description of human character in terms of relative altitudes, high, middle, and low. The only material consideration is to which altitude one prefers to attach the chief values. It is the apparently unquestioned assumption of a very considerable proportion of society that these belong to the " higher nature." No doubt just because it has become part of the cult of the higher-nature school to bring the phrase of " pleasing ourselves " into low repute, an emergency situation such as this created by the war comes as a godsend to that vast number of people who choose to screen their manner of taking their pleasures under the veil of " doing good to others." The war gives them the opportunity of selecting the very pick of the methods which give them pleasure, and opens the way for the creation of societies through which they can organise such pleasure more effectively. Such, at least, was my conclusion after reading the prospectus of one of the innumerable war societies which chanced to come my way. This society (which has taken to itself the name of the " Fight for the Right " Society—no less) here explains the purpose of its being:

" As fresh spirit is generated and as unity is strengthened by the assembling of ourselves together in pursuance of a common object, it is proposed that meetings should be held. . . . And it will be an essential characteristic of these meetings that the appeal should be made not by oratory alone, but, in particular, by music also and by recitation, and any other available and suitable art. . . . And to clinch the impression and to produce a sense of unity and common effort, a call might be made at the conclusion to all who are in favour of the resolution (which must be regarded as a solemn vow and determination):

" To Fight for Right till Right is won ";

" to rise and, with uplifted hand, cry ' Aye.' And if this action could be immediately followed by the singing of some inspiring words in which the whole meeting could join, members would be sent away with their spirit refreshened and refined. Their higher natures would have been touched and they would have caught a vision of the good that is in them and their fellows. They would, therefore, feel a renewed determination to be faithful to themselves, to be true to the good within them, and to do all that in them lies to make that good prevail."

The framer of this paragraph is under no shadow of doubt that the higher natures of the prospective audiences will be touched, nor, upon reflection, am I. The means which he—approaching the task as an expert—considers best suited to meet the purpose are noteworthy. And he is not eccentric in this. That the pamphlet quoted from happened to be written in explanation of the objects and desires of a society formed for the purpose of aiding military recruiting in no wise diminishes its ability to stand as a type of the devices intended to awaken the " higher nature." The interest of the thing lies in its naïve—one might say cold-blooded—exposure of the means deemed likely to ensure success.

• Modernist Magazines
The Egoist
: 'And once upon a week I improve on myself I'm so keen on that
New Free Woman with novel inside'【145.29】
에고이스트
: '소설을 싣고 있는 The New Freewoman(1914년에 Egoist로 바뀜)에 깊이 심취하여
일주일에 한 번 나 자신을 향상시킨다'

A Man of Letters, 경이로운 시절을 향유하다

* A Man of Letters: 문제적 작가의 문제적 작품이 세상의 주목을
받기 시작하며 이른바 Joyce Industry의 발흥을 예고함

• https://en.wikipedia.org/wiki/James_Joyce

제임스 조이스, 1918년

◎ 1915~1918(33세~36세) Years of naming *annus mirabilis*

1915년(3월 17일)	*Exiles* 집필을 마치다
1916년(2월)	에즈라 파운드가 'Mr James Joyce and the Modern Stage'라는 에세이를 미국 저널 *Drama*에 싣다
1916년(12월 16일)	*Dubliners*가 B.W. Huebsch에 의해 미국에서 출판되다
1916년(12월 29일)	*A Portrait of the Artist as a Young Man*이 B.W. Huebsch에 의해 미국에서 출판되다
1917년(6월 5일)	*Ulysses* 'Lotus Eaters'와 'Hades' 에피소드를 완성하다
1917년(10월)	*Ulysses* 'Telemachia' 에피소드를 완성하다
1918년(3월)	*Little Review*에 *Ulysses* 'Telemachus' 에피소드가 연재되다
1918년(4월)	*Little Review*에 *Ulysses* 'Nestor' 에피소드가 연재되다
1918년(5월)	*Little Review*에 *Ulysses* 'Proteus' 에피소드가 연재되다
1918년(6월)	*Little Review*에 *Ulysses* 'Calypso' 에피소드가 연재되다
1918년(7월)	*Little Review*에 *Ulysses* 'Lotus Eaters' 에피소드가 연재되다
1918년(9월)	*Little Review*에 *Ulysses* 'Hades' 에피소드가 연재되다
1918년(10월)	*Little Review*에 *Ulysses* 'Aeolus' 에피소드가 연재되다

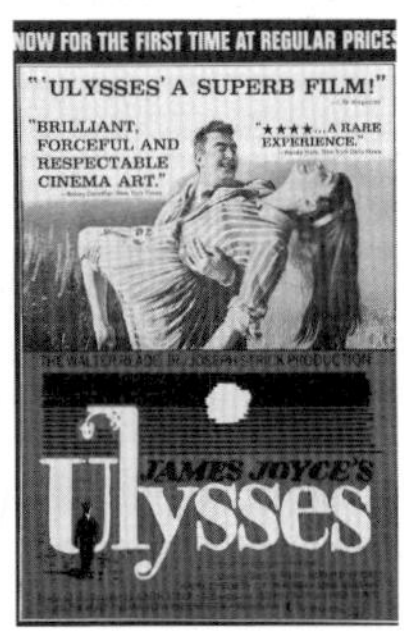

• moviesthatiloved.blogspot.com
『율리시스』 영화 포스터(1967)

Easter Rising 1916 부활절 봉기

작가 생애	* 6월 21일, 제1차세계대전 중 Austria 당국에 중립 서약을 하고 Zurich로 거처를 옮김. * *Exiles*를 완성함. * Ezra Pound와 W.B. Yeats 그리고 Edmund Goose의 간청으로 British Royal Literary Fund로부터 £75 상당의 문예 후원금을 받음.
국내 정세	* Irish Republican Brotherhood의 Military Council이 'Easter Rising 1916'을 결의함(12월 26일). * Patrick Pearse가 이끄는 Republicans가 Gaelic League Conference를 장악하면서 Douglas Hyde가 의장직에서 물러남(8월 1일).
작품 장면	* Yeats는 British Royal Literary Fund에 보낸 편지에서 Joyce를 두고 이렇게 말하고 있다: 'I think that Mr Joyce has a most beautiful gift. There is a poem on the last page of his *Chamber Music* which will, I believe, live. It is a technical and emotional masterpiece. I think that his book of short stories *Dubliners* has the promise of a great novelist and a great novelist of a new kind.'
세계 문학	* Virginia Woolf: *The Voyage Out* * W.Somerset Maugham: *Of Human Bandage* * Franz Kafka: *The Metamorphosis* * T.S.Eliot: *The Love Song of J.Alfred Prufrock* * Joseph Conrad: *Victory* * D.H.Lawrence: *The Rainbow*

• irishrepublicanbrotherhood.org
아일랜드 공화국 형제단
19세기 Fenian 운동의 중심

• WordPress

Uraniastrasse, Zurich in 1915: 'and wider he might the same zurichschicken'【070.08】
1915년의 취리히 우리니아슈트라세: '게다가 또한 그는 취리히와 동일한 존재일지도 몰랐다'

A Portrait 『젊은 예술가의 초상』

	1916(34세)
작가 생애	* *Dubliners*와 *A Portrait of the Artist as a Young Man*이 New York에서 B.W. Heubsch에 의해 출판됨(12월 29일). * 8월에 British Civil List에 올라 영국 수상 Herbert H. Asquith(1852~1928)로부터 £100를 받게 됨. * The Egoist Press가 London에서 *A Portrit of the Artist as a Young Man*을 출판하려고 하자 Joyce의 오랜 적인 The Moral British Printer의 저지로 무산됨.
국내 정세	* 1,000여 명의 Irish Volunteers와 200여 명의 Irish Citizen Army들이 City Hall, Four Courts, College of Surgeons 등을 점령하고 Patrick Pearse가 General Post Office 앞에서 독립 선언문을 낭독하면서 Easter Rising이 일어남(4월 24일). * 계엄령이 선포됨(4월 25일).
작품 장면	* 3월경 런던으로부터 익명을 요구하는 Joyce 애호가를 대신하여 편지 한 통이 도착한다: 'We are instructed to write to you on behalf of an admirer of your writing, who desires to be anonymous…a total of £200, which we hope you will accept without any enquiry as to the source of the gift.'

<table>
<tr><td>세계
문학</td><td>

* W.B. Yeats: *Easter 1916*
* Sherwood Anderson: *Windy McPherson's Son*
* Mark Twain: *The Mysterious Stranger*
* Franz Kafka: *The Warden of the Tomb*
* Ezra Pound: *Lustra*
* Jack London 사망

</td></tr>
</table>

• Four Courts: 'to the forecourts of his public'【030:23】
포코트: '자신의 선술집 앞마당 쪽으로'

• City Hall: 'upin their judges' chambers, in the muniment room, of their marshalsea'【094:25】
더블린 시청: '그들의 판사실, 연방 재판소의 기록 보관실에서'

• wikipedia

General Post Office: 'its denier crid of old provaunce, where G.P.O. is zentrum'【256:29】
더블린 중앙 우체국: '중앙 우체국이 진원지인 옛 프로방스의 최신 유행'

Broken Window of Soul 영혼의 깨진 유리창

	1917(35세)
작가 생애	* 10월 말, 오른쪽 눈의 홍채 절제술을 받은 후 의사의 권유로 Locarno를 향함. * 그곳에서 Pension Villa Rossa(1917. 10. 12.~1917. 11. 5.)와 Pension Da-heim(1917. 11. 5.~1918. 1. 6.)을 옮겨 살면서 *Ulysses* 제1장 'Telemachia'를 완성하고 Claud Sykes에게 타이핑을 부탁함. * 한편 그즈음 폐렴 치료 후 요양차 3년 전부터 이웃에 머물고 있던 독일 태생의 26살 여의사 Gertrude Kaempffer에게 호감을 갖고 *Chamber Music*과 *A Portrait of the Artist as a Young Man*을 선물하는가 하면 편지를 보내기도 하지만, 그녀는 그 편지를 찢어 버리고 Joyce의 곁을 떠남. * 이후 그녀는 *Ulysses* 제13장 'Nausicaa'에서 Gerty MacDowell로 재탄생함. Harriet Shaw Weaver가 익명의 조이스 후원자가 됨(2월).
국내 정세	* Sinn Fein당의 Joseph McGuiness 후보가 South Longford 보궐선거에서 Irish Parliamentary Party의 McKenna 후보를 누르고 당선됨(5월 10일). * College Green에서 대규모 Irish Convention이 처음 개최됨(7월 25일).

작품 장면	* Gertrude Kaempffer는 'Nausicaa'에서 이렇게 등장한다: 'Gerty Mac-Dowell who was seated near her companions, lost in thought, gazing far away into the distance, was in very truth as fair a specimen of winsome Irish girlhood as one could wish to to see.'(452)
세계 문학	* T.S. Eliot: *Prufrock and Other Observations* * Ezra Pound: *Homage to Sextus Propertius* * W.B. Yeats: *The Wild Swans as Coole* * Joseph Conrad: *The Shadow Line* * Gertrude Stein: *An Exercise in Analysis*

• Cultura Magazine
'The Broken Window of my Soul'(Letters III, 111)
'내 영혼의 깨진 유리창'

Exiles 『망명자들』

1918(36세)	
작가 생애	* *Ulysses*가 뉴욕의 Little Review지에 1918년 3월부터 1920년 12월까지 연재됨. * *Exiles*가 런던의 Grant Richards, 뉴욕의 The Viking Press에서 출판됨(5월 25일). * 홍채염(iritis)에도 불구하고 *Ulysses*는 Little Review 연재 기일에 맞추어 완성시켜 나감. * Joyce에게 erotic implication을 풍기던 이웃집 여자 Marthe Fleischmann는 *Ulysses*에서 Bloom의 penpal 상대인 Martha Clifford로 등장함.

국내 정세	* Irish Parliamentary Party가 징병에 반대하는 집회를 개최함(4월 20일). * 징병에 반대하는 총파업이 일어남(4월 23일). * Sinn Fein당의 Arthur Griffith가 East Cavan 보궐선거에서 승리함(6월 20일). * 그해 총선에서 Sinn Fein당이 압승을 거둠(12월 28일).
작품 장면	* Marthe Fleischmann은 Ulysses 제17장 'Ithaca'에 'he omitted to mention the clandestine correspondence between Martha Clifford and Henry Flower, the public altercation at, in and in the vicinity of the licensed premises of Bernard Kiernan and Co.'(868)로 나타남.
세계 문학	* George Moore: *A Story-Teller's Holiday* * Romain Rolland: *Colas Breugnon* * Wyndham Lewis: *Tarr* * George Russell(A.E.): *The Candle of Vision*

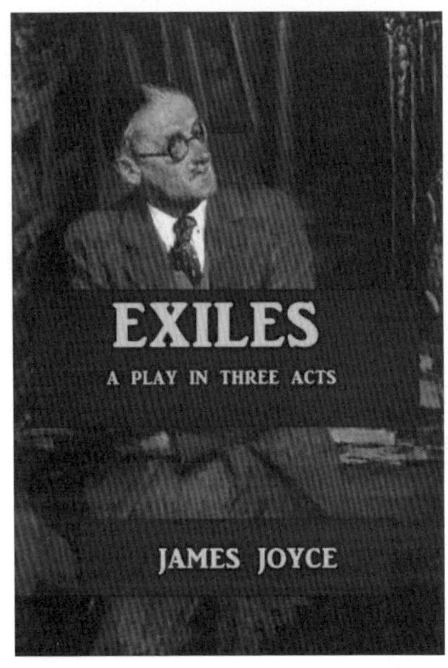

• The play[Exiles] was rejected by W. B. Yeats for production by the Abbey Theatre. Its first major London performance was in 1970, when Harold Pinter directed it at the Mermaid Theatre. -Wikipedia
조이스의 유일한 희곡 「망명자들」은 애비 극장에서의 공연 제작이 예이츠에 의해 무산된 적이 있다. 최초로 공연에 올려진 것은 해럴드 핀터가 런던의 머메이드 극장에서 연출을 맡았던 1970년의 일이었다.

제임스 조이스, 19세기를 죽이다

* *Ulysses*를 읽고 찬탄을 금치 못한 T.S.Eliot은 1933년 Havard 대학에서 강의 도중,
모더니즘이라는 이름의 20세기 시대정신을 선도하는 Joyce 소설의 혁명적 영향력을 두고
'그가 19세기를 죽였다'라고 말했다.

• https://www.edrants.com

제임스 조이스, 1920년

◎ 1919~1922(37세~40세) Years of changing modern literature

1919년(2월)	*Little Review*에 *Ulysses* 'Lestrygonians' 에피소드가 연재되다
1919년(4월)	*Little Review*에 *Ulysses* 'Scylla and Charybdis' 에피소드가 연재되다
1919년(6월)	*Little Review*에 *Ulysses* 'Wandering Rocks' 에피소드가 연재되다
1919년(8월)	*Little Review*에 *Ulysses* 'Sirens' 에피소드가 연재되다
1919년(11월)	*Little Review*에 *Ulysses* 'Cyclops' 에피소드가 연재되다
1919년(11월 19일)	Sylvia Beach가 파리 8 rue Dupuytren에 자신의 서점 Shakespeare and Company를 개업하다
1920년(4월)	*Little Review*에 *Ulysses* 'Nausicaa' 에피소드가 연재되다
1920년(9월)	*Little Review*에 *Ulysses* 'Oxen of the Sun' 에피소드가 연재되다
1921년(7월 27일)	Sylvia Beach가 Shakespeare and Company를 파리 12 rue de l'Odéon로 옮기다
1921년(10월 6일)	*Ulysses* 'Penelope' 에피소드를 완성하다
1921년(10월 29일)	*Ulysses* 'Ithaca' 에피소드를 완성하다
1921년(12월 7일)	Monnier의 서점에서 250명이 운집한 가운데 Larbaud가 *Ulysses* 발췌문을 영어와 프랑스어로 강연하고, 조이스는 무대 뒤에서 경청하다
1922년(2월 2일)	*Ulysses*가 조이스 자신의 40회 생일에 맞춰 Dijon의 Darantiere에 의해 인쇄되고 Shakespeare and Company의 Sylvia Beach에 의해 출판되다
1922년	Nice의 Hotel de France와 Hotel Suisse에 머무는 이틀간에 *Finnegans Wake* 집필을 시작하다(13일~14일)
1922년(12월 22일)	*Ulysses* 400부가 미국 세관에 몰수당했다는 소식을 Weaver로부터 전해 듣다

Shakespeare and Company 파리의 서점

	1919(37세)
작가 생애	* Little Review 1월 호의 'Lestrygonians' 장과 5월 호의 'Scylla and Cha-rybdis' 장이 미국 우편국에 압수되어 소각됨. * 한편 Frank Budgen과 함께 Locarno에 잠시(5월 8일~5월 14일) 머물 때 Antonietta de St Leger라는 63세의 러시아 남작 부인이 살고 있는 Lake Maggiore의 Isola da Brissago에서 그녀의 서재를 방문하고 'Circe' 장의 영감을 얻음. * 조이스와 그의 가족이 Trieste로 돌아옴(10월).
국내 정세	* Irish Republican Army의 총탄에 Royal Irish Constabulary 대원 2명이 사살되는데(5월 13일), 이는 아일랜드 War of Indepen-dence 사상 최초의 총격 사건으로 기록됨.
작품 장면	* Antonietta de St Leger는 *Ulysses* 제15장 'Circe'에, 'Prophesy who will win the Saint Leger'(615)로 나오고 있음. * Joyce 주변의 여인들, 이를테면 Gertrude Kaempffer, Marthe Fleischmann, Antonietta de St Leger 등과의 부정한 관계를 지적하는 Frank Budgen에게, 'If I permitted myself any restraint in this matter it would be spiritual death to me.'라고 말함.
세계 문학	* Sylvia Beach가 Paris에서 Shakespeare and Company를 개업함(11월 17일). * Sherwood Anderson: *Winesburg, Ohio* * Hermann Hesse: *Demian* * W.Somerset Maugham: *The Moon and Sixpence* * Marcel Proust: *Within a Budding Grove*

• Peter Chrisp

Ulysses in The Little Review: All he needed was a quiet place in which to finish the book, but was desperately short of money and unable even to afford new clothes. Pound, always eager to help, recommended France as the cheapest place he knew of, offering to find him accommodation there plus 1,000 lire towards the fare.(2 June 1920, Pound-Joyce Letters:174)

문학잡지 '리틀 리뷰'(1914~1929)의 연재 작품 『율리시스』: 조이스는 『율리시스』 집필을 마무리할 조용한 공간이 필요했으나 생활이 워낙 곤궁했으며 더욱이 새 옷을 살 형편조차 되지 못했다. 이런 조이스에게 늘 도움을 주고 싶어 하던 에즈라 파운드는 자신이 알아본 바로 생활비가 가장 적게 드는 프랑스를 제안하면서 거처를 마련해 주는가 하면 여비조로 1,000리라를 건네주었다.

Sylvia Beach's Clubroom 실비아 비치와 조이스

1920(38세)	
작가 생애	* Venice에서 이틀을 묵은 뒤, Milan에서 *Exiles* 번역을 맡은 Carlo Linati를 만나고, 이어 Switzerland와 Dijon을 거쳐 Paris의 Gare de Lyon역에 도착함(7월 8일). * 이후 그는 20년을 Paris에서 살게 됨. * 며칠 뒤 Ezra Pound는 Neuilly의 Andre Spire 집에서 환영 만찬을 열게 되는데, 그날 Spire의 서재에서 조이스는 Shakespeare and Company(당대 예술인들의 clubroom이었던 서점에는 Ezra Pound, John Rodker, T.S.Eliot, Wyndham Lewis, Robert McAlmon, Mina Loy, Gertrude Stein, Ernest Hemingway의 발길이 잦았으며, 특히 William Carlos Williams와 E.E. Cummings 등과도 교분을 가짐)의 Sylvia Beach(1887~1962)와 처음으로 만남.
국내 정세	* Sinn Fein 소속 Tomas MacCurtain(Lord Mayor of Cork)이 자택에서 무장 괴한에 의해 살해됨(3월 20일). * IRA 죄수들이 'prison of war(전쟁 포로)' 신분을 요구, Mountjoy Prison에서 단식투쟁에 돌입함(4월 5일). * Michael Collins의 지시를 받은 Irish Republican Army가 영국 첩보 요원 14명을 사살함(11월 21일: Bloody Sunday).
작품 장면	* 평소 Joyce를 숭배하던 Sylvia Beach가 그의 등장에 흥분을 감추지 못하며 'Is this the great James Joyce?'라며 인사를 건네자, Joyce는 'James Joyce'라고 짧게 말하면서 창백한 손을 내밀어 악수를 청함. 이 순간의 인연이 이어져 그녀는 평생에 걸쳐 Joyce를 후원하게 됨(Sylvia Beach는 자신이 사랑하는 대상은 세 가지인데, Adrienne Monnier, James Joyce, Shakespeare and Company라고 말함): Already a worshipper, and nervous in his presence, she[Sylvia Beach] asked, 'Is this the great James Joyce?' to which he replied simply, 'James Joyce.'
세계 문학	* Joseph Conrad: *The Rescue* * F. Scott Fitzerald: *This Side of Paradise* * D.H. Lawrence: *Women in Love* * Marcel Proust: *The Guermantes Way* * Eugene O'Neill: *The Emperor Jones* * T.S. Eliot: *Poems*

• Gisèle Freund
James Joyce, Sylvia Beach, Adrienne Monnier
(Shakespeare and Company, 1920)
제임스 조이스, 실비아 비치, 아드리엔 모니에르

• Ford Madox Ford, James Joyce, Ezra
Pound, John Quinn in Paris 1923
1923년 파리에서의
포드 매독스 포드, 제임스 조이스,
에즈라 파운드, 존 퀸

Obscenity Trial of *Ulysses* 외설의 『율리시스』

	1921(39세)
작가 생애	* B.W. Huebsch로부터 *Ulysses* 출판 취소 통보를 받음(4월 5일): 'A New York court having held that the publication of a part of this in *The Little Review* was a violation of the law, I am unwilling to publish the book unless some changes are made in the manuscript as submitted to me by Miss H.S.Weaver who represents Joyce in London.'
국내 정세	* Belfast에서 발생한 Catholics와 Protestants 간의 무력 충돌로 16명이 사망함(7월 10일). * Clare, Kilkenny, Waterford, Wexford 등지로 계엄령이 확대 발표됨.
작품 장면	* *Ulysses*는 당시 외설 작품으로 낙인찍혀 출판이 거부되고 있었는데, 이 책이 세상에 나오게 된 결정적 계기는 바로 Sylvia Beach와의 역사적 만남이었다! * 그때까지 단 한 권의 책도 출판해본 경험이 없는 파리 뒷골목의 한 작은 서점을 운영하던 그녀가 실의에 빠진 Joyce에게 던진 한마디: 'Would you let Shakespeare and Company have the honor of bringing out your *Ulysses*?' 금세기 최고의 걸작 *Ulysses*는 그렇게 전설적인 탄생 비화를 낳게 됨.
세계 문학	* F.Scott Fitzgerald: *The Beautiful and Damned* * George Moore: *Heloise and Abelard* * William Carlos Williams: *Sour Grapes* * William Butler Yeats: *Michael Robartes and the Dancer*

• lithub
Sylvia Beach and Shakespeare and Company(1920)
셰익스피어 앤 컴퍼니 서점 앞의 실비아 비치

• Sylvia Beach and James Joyce
실비아 비치와 제임스 조이스

'My book will never come out now.' On an impulse she said, 'Would you let Shakespeare and Company have the honour of bringing out your Ulysses?'
『율리시스』가 세상에 나오긴 영 글러먹은 것 같군요.' 조이스의 이 말을 들은 실비아 비치는 얼떨결에 '그 책을 우리 서점에서 출간할 수 있는 영광을 주시겠어요?'라고 말했다.

• SmithsonianMagazine
Sylvia Beach and James Joyce
실비아 비치와 제임스 조이스

Ulysses 『율리시스』

1922(40세)	
작가 생애	* 작품 구상에 16년 그리고 집필에 7년이라는 세월의 강을 건너온 *Ulysses*가 Dijon의 인쇄업자 Darantiere와 Shakespeare and Company의 Sylvia Beach의 손을 거쳐 출판됨으로써 Joyce가 40세 생일을 맞이하던 2월 2일, 마침내 영문학 사상 최고의 문제작이 세상에 던져진다. 그날 아침 7시 Sylvia Beach는 Gare de Lyon으로 달려가 막 도착한 기차에서 *Ulysses* 두 권을 전해 받고 곧장 조이스가 살고 있는 rue de l'Universite까지 택시를 타고 가서 그의 손에 한 권을 쥐여주고, 그리고 또 한 권은 자신의 서점 진열장에 올렸다. * 'In conception and technique I tried to depict the earth which is prehuman and presumably posthuman.'이라고 적은 No.1 Copy는 Harriet Shaw Weaver에게, 'Who is Sylvia?'라고 적은 No.2 Copy는 Sylvia Beach에게, No.3 Copy는 Margaret Anderson에게 전달됨. ☞ No.1,000 Copy는 Nora에게 주지만 그녀는 다시 Arthur Power에게 건넴. * 4월경 Nora와 Giorgio, Lucia는 Galway를 방문함.
국내 정세	* Arthur Griffith가 임시정부의 대통령으로 선출되고 Michael Collins가 재무 장관으로 임명됨. * Irish Free State가 공식적으로 출범함(12월 6일).

작품 장면	* Joyce는 숫자에 민감하고 다소 미신적인 성향도 있는데 이는 Weaver에게 보낸 편지(1921. 11. 1.)에 잘 드러남: 'A coincidence is that of birthdays in connection with my books. *A Portrait of the Artist* which first appeared serially in your paper on 2 February[Joyce's birthday] finished on 1 September[Weaver's birthday]. *Ulysses* began on 1 March(birthday of a friend of mine, a Cornish painter[Budgen, who was half Cornish]) and was finished on Mr Pound's birthday[October 30]' * 한편 어느 식당에서 청년이 다가와 'Could I kiss the hand that wrote *Ulysses?*'라고 하자, Joyce는 'Oh no, don't do that; it did other things too.'라고 말함.
세계 문학	* Hermann Hesse: *Siddhartha* * D.H. Lawrence: *England, My England and Other Stories* * Virginia Woolf: *Jacob's Room* * Eugene O'Neill: *The Hairy Ape* * T.S. Eliot: *The Waste Land*

• Spanish Arch, Galway
골웨이의 유명한 역사적 명소-스페인 아치

• Universitaires de Dijon
Imprimerie Darantiere(Darantiere Printing House), Dijon
디종, 다란티에르 인쇄소

• Raptis Rare Books
James Joyce Signed 1st Edition of Ulysses
제임스 조이스가 서명한 『율리시스』 초판본

When one young man approached him in a restaurant and asked, 'I kiss the hand that wrote Ulysses?' he replied, 'Oh no, don't do that; it did other things too.'
어느 식당에서 한 젊은이가 조이스에게 다가오더니, 『율리시스』를 쓴 당신의 그 손에 입을 맞춰도 될까요?'라고 말하자 조이스가 대답했다: '그렇게는 안 되겠는데요, 이 손으로 또 다른 작품을 써야 하니까요.'

제임스 조이스, 1928년

불립문자로 빚어낸 문학의 선문답禪問答, 화두로 남다

*불립문자不立文字가 난무하는 선문답의 야단법석野壇法席
— *Finnegans Wake* — 불가해不可解의 화두로 남다.

• https://www.si.edu

제임스 조이스, 1928년

불립문자로 빚어낸 문학의 선문답禪問答, 화두로 남다

*불립문자不立文字가 난무하는 선문답의 야단법석野壇法席

◎ 1923~1940(41세~58세) Years of 'Here Comes Everybody'

1923년(3월 10일)	*Finnegans Wake* 2페이지를 집필하다 조이스 자신과 아내 노라를 제외한 모두에게는 1938년 8월까지 책 제목을 철저히 비밀에 부친 채 'Work in Progress'로만 알리다
1923년(7월~8월)	*Finnegans Wake* 'Tristram and Isolde'와 'Berkeley and St Patrick'의 초고를 쓰다
1923년(7월 19일)	*Finnegans Wake* 'King Roderick O'Conor'의 초고를 완성하다
1923년(10월 8일)	*Finnegans Wake* 'Mamalujo'를 완성하다
1924년(3월 7일)	*Finnegans Wake* 'Anna Livia Plurabelle'의 초고를 완성하다
1925년(1월 27일)	*Finnegans Wake* 'Shaun'을 완성하다
1927년(4월)	'Opening Pages of a Work in Progress【003~029】'가 *transition*에 실리다
1929년(5월 27일)	*Our Examination round His Factification for Incamination of 'Work in Progress'*가 Shakespeare and Company에서 출판되다
1929년(6월 27일)	*Ulysses* 프랑스어 출판과 Bloomsday 25주년을 기념하여 Versailles 인근 Les Vaux-de-Cernay에서 Monnier가 주최한 'Déjeuner Ulysse'에 내빈으로 초대되다 Beach, Beckett, Dujardin, Paul Valery, Philippe Soupault Jules Romains 등이 참석하다
1929년(8월 9일)	3개의 단편 'The Mookse and the Gripes'와 'The Muddest Thick That Was Ever Heard Dump' 그리고 'The Ondt and the Gracehoper'로 구성된 *Tales Told of Shem and Shaun*이 파리의 Black Sun Press에서 출판되다
1929년(12월 18일)	Edmund Wilson의 글 'James Joyce'가 *New Republic*에 게재되다
1930년(1월 12일)	Rebecca West의 글 'James Joyce and His Followers'가 *NewYork Herald Tribune Books*에 게재되다

1930년(3월 7일)	'James Clarence Mangan'이 런던의 Ulysses Bookshop에서 비매용으로 출판되다
1930년(3월 11일)	'Ibsen's New Drama'가 런던의 Ulysses Bookshop에서 비매용으로 출판되다
1930년(5월 1일)	*ALP*가 Faber and Faber에서 출판되다
1930년(6월)	*Haveth Childers Everywhere(HCE)*가 파리의 Henry Babou and Jack Kahane, 뉴욕의 The Fountain Press에서 각각 출판되다
1930년(6월 3일)	Gilbert의 James Joyce's Ulysses가 Faber and Faber에서 출판되다
1930년(6월 12일)	*Anna Livia Plurabelle*이 Faber and Faber에서 출판되다
1931년(4월 2일)	*HCE*가 Faber and Faber에서 출판되다
1932년(2월 2일)	50회 생일에 Sylvia Beach로부터 흰 라일락 10송이를 받고, Weaver로부터 미불 채무를 탕감해 주겠다는 편지를 받다
1932년(9월)	Carl Jung의 'Ulysses: Ein Monolog'가 *Europäische Revue*(Berlin) VIII 9에 게재되다
1932년(11월 30일)	'Ecce Puer'가 *New Republic* LXXIII No.939에 게재되다
1933년(1월)	'Ecce Puer'가 *Criterion*에 게재되다
1934년(1월 25일)	*Ulysses*가 뉴욕의 Random House에서 출판되다
1934년(6월)	*The Mime of Mick Nick and the Maggies*가 Hague의 Servire Press에서 출판되다
1936년(7월 26일)	Lucia가 직접 그린 대형 장식 대문자와 Gillet의 서문이 실린 *A Chaucer ABC*가 그녀의 29회 생일에 파리의 Obelisk Press에서 출판되다
1938년(1월 20일)	*Finnegans Wake* 'Butt and Taff'의 대화를 완성하다
1938년(11월 14일)	*Finnegans Wake*를 탈고하다
1939년(5월 4일)	*Finnegans Wake*가 런던의 Faber and Faber와 뉴욕의 The Viking Press에서 동시에 출판되다

1939년(5월 5일)	Nicolson의 'The Indecipherable Mystery of Mr James Joyce's Allegory'가 *Daily Telegraph*에 게재되다 L.A.G. Strong의 'James Joyce's Dream World'가 *John O'London's Weekly*에 게재되다
1939년(5월 8일)	*Time*지 표지 인물로 실리며, 'Night Thoughts'라는 제목의 서평이 함께 수록되다
1939년(5월 11일)	Muir의 서평 'James Joyce's New Novel'이 *Listener XXI*, No. 539에 게재되다
1939년(6월 28일)	Edmund Wilson의 'H.C. Earwicker and Family: Review of *Finnegans Wake*' 전반부가 *New Republic*, 99에 게재되다
1939년(7월)	Alex Glendinning의 'Commentary: *Finnegans Wake*'가 *Nineteenth Century and After*, 126에 게재되다
1939년(7월 12일)	Edmund Wilson의 *Finnegans Wake* 서평이 *New Republic*에 실리다(훗날 The Wound and the Bow, 1947에 실리는 그의 에세이 'The Dream of H.C. Earwicker'는 이 서평을 근간으로 한다)
1939년(8월 5일)	*Daily Herald*가 21개 단어로 된 *Finnegans Wake* 서평을 출판하다
1939년(8월 30일)	Lewis의 *Finnegans Wake* 서평 'Standing by One Thing and Another'가 *Bystander*, 143에 게재되다
1940년(2월 11일)	Harry Levin의 'On First Looking into *Finnegans Wake*'가 *New Directions in Prose and Poetry*에 게재되다 'New Irish Stew'가 *Kenyon Review*에 게재되다
1940년(7월~8월)	Paul Léon과 함께 *Finnegans Wake* 교정 작업을 하다
1940년(8월)	31쪽 분량의 *Finnegans Wake* 미스 프린트 목록 작성을 완성하다(이 작업이 조이스 최후의 *Finnegans Wake* 집필 활동이 된다)
1940년(10월 8일)	미국 소설가 Thornton Wilder가 제임스 조이스에게 노벨문학상을 수여하라는 청원서를 Nobel Prize Committee에 제출하고 기금도 마련하자는 취지의 편지를 Padraic Colum에게 보내다

Work in Progress 『진행 중인 작품』

작가 생애	* 난해하기로 악명 높은 불후의 명작 *Finnegans Wake*(최종적 제목은 1939 년 출판할 때까지 Nora 외에는 누구에게도 알리지 않고 비밀에 부치기 위해 *Work in Progress*로 명명함)를 이후 17년의 세월을 두고 쓰기 시작함. * 그해 여름(6월 29일~8월 3일) 영국 남부의 Bognor Regis에 있는 Clarence Road의 Alexandra House에서 *Work in Progress* 초기 집필 무렵, 그는 집에서 내려다보이는 Bognor Regis 해안 갈매기의 울음소리에 착안하여 의성어 'Quark'를 만들었는데 차후 이것이 현대물리학에서 학술 용어로 사용됨. * *Work in Progress*는 처음(1924년 4월)에는 Transatlantic Review지에, 그 후 Transition지(Anna Livia Plurabelle도 포함되는데 이 작품에는 350여 개의 강 이름이 들어있으며 완성하기까지 약 1,200시간이 걸렸음)에 발표함.
국내 정세	* 아일랜드 총선에서 W.T. Cosgrave의 Cumann na nGaedheal당이 다수 석을 차지함(8월 27일). * 제1차세계대전의 종전과 함께 Paris Peace Conference의 결성으로 출범한 League of Nations에 아일랜드도 가입함(9월 10일). * W.B. Yeats에게 노벨문학상이 수여됨(11월 14일).
작품 장면	* *Finnegans Wake*의 제목은 Joyce의 아버지 John Joyce가 평소 좋아하던 아일랜드 민요 Finnegan's Wake에서 나온 것으로 '삶의 찬양, 즉 죄인과 성인 모두의 부활'을 노래하고 있을 뿐만 아니라 술을 금하는 Irish Church를 간접적으로 비판하는 유쾌한 풍자를 담고 있음: 'Whack folthe dah, dance to your partner…Wasn't it the truth I told you, Lots of fun at Finnegan's Wake.' 한편 'quark'는 *Finnegans Wake*에서 King Mark의 방문을 조롱하는 대목에 나온다: '—Three quarks for Muster Mark! Sure he hasn't got much of a bark And sure any he has it's all beside the mark.'(383)
세계 문학	* Sherwood Anderson: *Many Marriages* * Hermann Hesse: *Demian*(영문판) * D.H.Lawrence: *Kangaroo* * Italo Svevo: *La Coscienza* * Virginia Woolf: *Mrs Dalloway in Bond Street* * George Bernard Shaw: *Saint Joan* * William Carlos Williams: *Spring and All*

• Plaque at Clarence Road
클래런스 로드 명판
'Yesterday I wrote two pages
—the first I have written since the final Yes of Ulysses.' (11 March 1923 Letter to HSW)
'어제 나는 『율리시스』의 마지막 단어 Yes 이후 처음으로 두 쪽을 썼다.'

• Bognor Regis
보그너 레지스(영국 잉글랜드 동남부 웨스트 서식스)

• open.spotify.com
Finnegans Wake: Album by Quark
실험적 뮤지션 Adrien Lambinet와 Alain Deval이 결성한 Quark의 음악 15곡이
수록된 52분 92초 분량의 앨범

Murray Gell-Mann Coined quark

James Joyce's Novel " Finnegans Wake"

• slidesplayer.com

1964년 Caltech의 물리학자 Murray Gell-Mann은 우주를 구성하는 근본 입자를 quark라 명명하고 이는 조이스의 Finnegans Wake에서 가져온 것이라며 'In one of my occasional perusals of Finnegans Wake, by James Joyce, I came across the word 'quark.'(제임스 조이스의 『피네간의 경야』를 가끔 들춰보곤 하는데, 'quark'라는 단어가 우연히 눈에 들어왔다)'라고 밝힌 적이 있다. 원문은 'Three quarks for Muster Mark!'【383:01】(→Three quarts for Mister Mark! 마크 왕을 위해 3잔의 술을!)

Galley Slave 가혹한 집필

1924(42세)	
작가 생애	* 1월 16일에 Shem the Penman과 Shaun the Post 그리고 그들의 어머니 Anna Livia 단락을 Harriet Shaw Weaver에게 보냄. * 이즈음 조이스는 오전 8시부터 12시 30분까지, 오후 2시부터 오후 8시까지 쉬지 않고 그야말로 고대 로마 시대 갤리선의 노를 젓는 노예(galley-slave)처럼 원고 작업을 함. * 3월 1일에 Herbert Gorman의 *James Joyce: His First Forty Years*가 Huebsch에 의해 미국에서 출판됨. * 3월 7일에 Anna Livia Plurabelle 에피소드를 완성하여 Weaver에게 보냄. * 같은 달에 *A Portrait*가 Ludmila Savitsky에 의해 불어로 번역 출판됨. * 6월 10일에 5번째 눈 수술로 왼쪽 홍채 절제술을 받음.
국내 정세	* Irish Free State와 Northern Ireland 간 국경 검토 조사를 위한 Irish Boundary Commission이 발족함(4월 24일). * Dublin Corporation이 Sackville Street를 O'Connell Street로 개명함(5월 5일). * 술집의 영업시간을 오전 9시부터 오후 10시까지 허용하고 주류는 18세 이상 성인에게만 판매할 수 있도록 함(5월 30일).

작품 장면	* 6월 16일, 병실의 Joyce는 친구들이 보내준 수국 꽃다발을 받고서 노트에, 'Today 16 of June 1924 twenty years after. Will anybody remember this date.'라는 낙서를 남기는데, Bloomsday에 대한 그의 염원이 고스란히 담겨짐.
세계 문학	* Agatha Christie: *The Man in the Brown Suit* * E.M. Forster: *A Passage to India* * Thomas Mann: *The Magic Mountain* * Eugene O'Neill: *Desire Under the Elms*

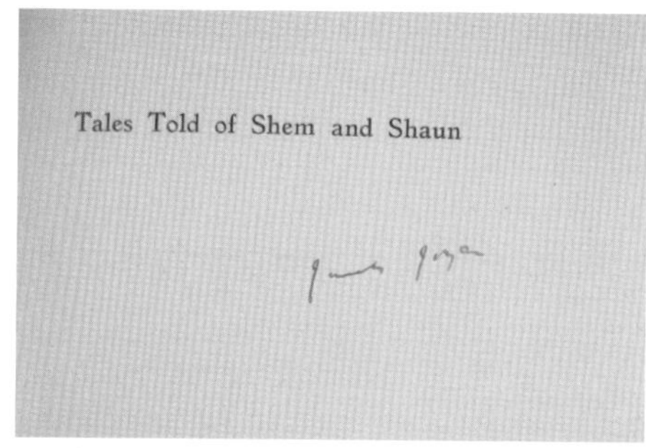

• biblio.com

Work in Progress(조이스는 이 제목을 Ford Madox Ford가 1924년 transatlantic review에서 처음으로 사용한 타이틀인 Work in Progress로부터 따왔음)의 3 단편: Tales Told of Shem and Shaun, Anna Livia Plurabelle, Haveth Childers Everywhere

• Wikiwand

O'Connell Street, Dublin: 'Lower O'Connell Street…Laura Connor's treat'【507:26】, 'But the swaggerest swell of Shackvulle Strutt'【626:11】
더블린 오코넬 스트리트: '오코넬 스트리트 로우어…오코넬 스트리트', '오코넬 스트리트 어퍼의 한껏 으스대며 활보하는 멋쟁이'

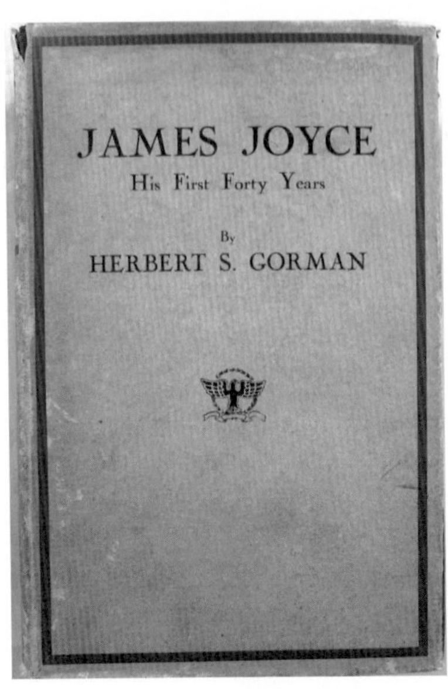

• biblio.com
James Joyce: His First Forty Years

Earwig and White Ant 집게벌레와 개미

1925(43세)	
작가 생애	* 4월 중순 왼쪽 눈을 7번째 수술받은 후 열흘간 입원 중일 때, 화가 친구 Myron Nutting의 아내가 문병 와서 두 사람은 earwig와 white ant에 관해 대화를 나누게 되는데 이후 Joyce는 earwig를 Earwicker와, ant를 The Ondt and the Gracehoper와 연결시킴.
국내 정세	* Dublin Metropolitan Police와 Civic Guard가 통합되면서 Garda Siochana로 바뀌게 됨(4월 2일).
작품 장면	* earwig는 *Finnegans Wake*에서, 'the great grand hotelled with tit tit tittle –house, alp on earwig'(17)와 'it might be usefully compared with an earwig on a fullbottom.'(164)으로, ant는 'Grasshopper and the Ant'(307)로 등장함.
세계 문학	* George Bernard Shaw: 1925 노벨문학상 수상 * F.Scott Fitzgerald: *The Great Gatsby* * Ernest Hemingway: *In Our Times* * Virginia Woolf: *Mrs Dalloway*

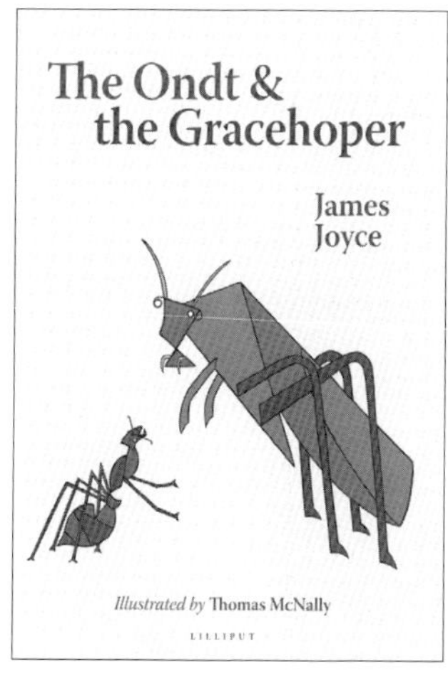

• The Lilliput Press 2014   • The Lilliput Press 2018

'I forgive you, grondt Ondt, said the Gracehoper, weeping'【418:12】
'훌륭한 개미여, 나는 그대를 용서한다, 베짱이가 눈물을 흘리며 말했다'

Waterloo Battle Field 나폴레옹과 웰링턴

1926(44세)	
작가 생애	* 9월 26일, 가족과 함께 Belgium의 Antwerp, Ghent, Brussels 여행 도중에 Waterloo의 Battle Field를 찾음. * 12월 14일, Eugene Jolas와 그의 아내 Maria Jolas, Elliot Paul, Nuttings 부부, Beach와 Monnier를 집으로 초대해서 막 완성한 *Finnegans Wake*의 첫 장을 직접 낭독함.
국내 정세	* 그해 census에서 Irish Free State의 인구는 297만 2천 명, Northern Ireland가 125만 7천 명으로 집계됨(4월 18일). * W.T. Cosgrave 대통령이 Public Safety Bill을 도입함(11월 17일).
작품 장면	* Waterloo Battle Field는 *Finnegans Wake*에, 'Now yiz are in the Willingdone Museyroom.', 'This is the triplewon hat of Lipoleum.', 'This is big Willingdone mormorial tallowscoop Wounder-worker obscides on the flanks of the jinnies.'(8) 등으로 나타남.
세계 문학	* William Faulkner: *Soldiers' Pay* * Ernest Hemingway: *The Sun Also Rises* * D.H.Lawrence: *The Plumed Serpent* * Langston Hughes: *The Weary Blues*

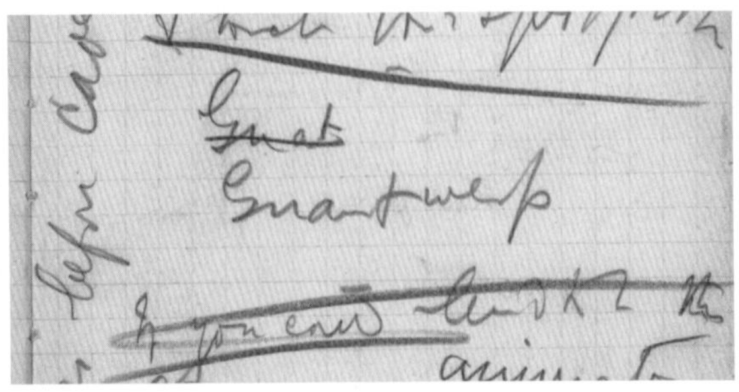

• Joyce's Manuscript, University of Antwerp: 'gnot Antwarp gnat Musca'【140:02】
조이스의 육필 원고, 벨기에 엔트워프 대학교: '엔트워프(모기)도 아니고 모스크바(파리)도 아니고'

• Waterloo Battle Field in Belgium: 'Wallinstone national museum…the charmful waterloose country'【008:02】, 'Battle of Waterloo'【176:10】
워털루 전투지(벨기에 남동부 워털루): '월린스톤 국립 박물관…멋진 별채', '워털루 전투'

Pomes Penyeach 『한 푼짜리 시들』

	1927(45세)
작가 생애	* *Work in Progress* 연재물(1927~1938)이 Eugene Jolas에 의해 Paris의 *Transition*에서 출판됨. * *Ulysses* 독일어 번역판이 출판됨. * London(4월 4일~4월 8일), The Hague(5월 21일~6월 7일, 6월 14일~6월 20일), Amsterdam(6월 7일~6월 14일), Brussels(6월 20일~6월 21일) 등에서 3개월을 지냄. * 두 번째 시집 *Pomes Penyeach*가 Shakespeare & Company에서 출판됨 (7월 7일). * New York에서 *Ulysses*의 저작권이 침해되는 사태가 벌어지자 George Russell, Lady Gregory, Sherwood Anderson, Julian Green, Ernest Hemingway, Somerset Maugham, W.B. Yeats, Knut Hamsun 등 167명이 항의 서한에 서명함.

국내 정세	* 아일랜드 최초의 여성 하원이자 Easter Rising에 가담한 Irish Citizen Army의 장교였던 Constance Markievicz가 59세를 일기로 사망함(7월 15일). * Ernest Bewley가 더블린의 Grafton Street에 Cafe 개업. * 여성 최초의 조종사 Mary Bailey가 아일랜드와 영국 사이의 Irish Sea를 비행함.
작품 장면	* Joyce의 작가적 천재성이 온전히 이해받지 못한 만큼 그의 최후의 문제작 *Work in Progress* 자체에 대한 몰이해도 극심했던 탓일까? 그가 남긴 글을 통해서 주변의 비판에 고뇌하는 그의 평범한 인간적 모습을 엿볼 수 있음: 'Do you think I may be on the wrong track with my *Work in Progress*? Miss Weaver says she finds me a madman. Tell me frankly, McAlmon. No man can say for himself.' * 또한 William Bird에게 'I confess I can't understand some of my critics, like Pound and Miss Weaver, for instance…But the action of *Ulysses* was chiefly in the daytime, and the action of my new work takes place at night. It's natural things should not be so clear at night, isn't it now?'라고 한 말은 차라리 호소에 가까움.
세계 문학	* Virginia Woolf: *To the Lighthouse* * T.S. Eliot: *Journey of the Magi* * Agatha Christie: *The Big Four* * William Faulkner: *Mosquitoes*

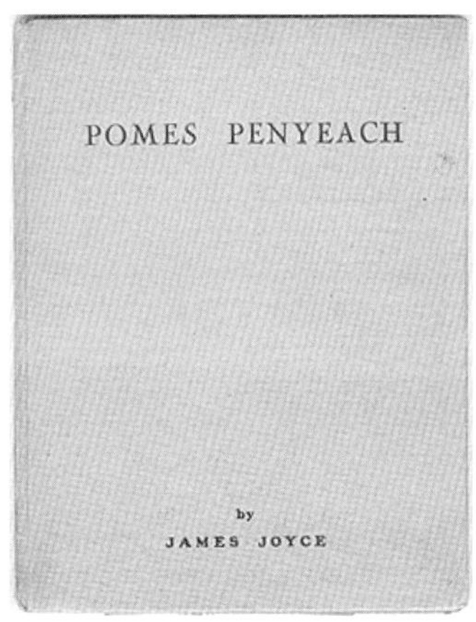

• wikipedia
Pomes Penyeach(1927)
조이스가 20년(1904~1924)에 걸쳐 쓴 시 모음
당초 Ezra Pound에 의해 거절되었다가 훗날 Shakespeare and Company에서 출간됨

• Hans van den Bos
Scheveningen Strand, The Hague[Den Haag] in 1927: 'Hill or hollow, Hull or Hague'【436:30】
덴하그의 스헤브닝겐 바다(1927년): '언덕 혹은 분지, 헐 혹은 헤이그'

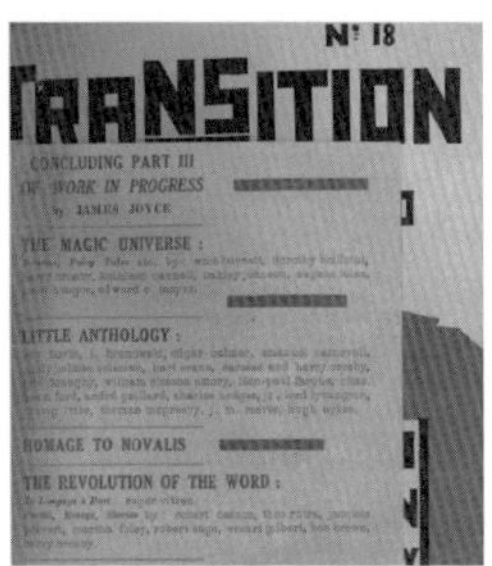

• William Reese Company
Work in Progress in Transition: 문학잡지 '트랑지시옹' 연재 「진행중인 작품」
'Transocean atalaclamoured him'【100:01】
'트랑지시옹 잡지가 그에게 강한 어조로 경고했다'

S.Fitzgerald Kissed Joyce's Hand 핵인싸 조이스

1928(46세)

작가 생애	* 3월 Dieppe에서 *Transition*지에 실을 *The Ondt and the Gracehoper*를 완성함. * 같은 달 27일, Rouen에서 며칠 머문 뒤 Paris로 돌아옴. 다시 4월 26일까지 Toulon에 머물다가 5월 24일 재차 Paris에 들어옴. * Stuart와 Moune Gilbert를 동반해서 Salzburg를 향함(7월 8일). * 9월 경 Joyce의 눈이 급격히 악화됨. * 9월 13일, 절친 Ettore Schmitz가 Venice로 차를 몰고 가던 중 Motta di Livenza에서 교통사고에 의한 심장마비로 사망함. * 11월 8일 Nora가 암 수술을 받기 위해 Neuilly의 Maison de Sante 병원에 입원함.

국내 정세	* Tim Healy가 1월 31일 자로 Irish Free State의 Governor-General 자리를 떠나고, 후임으로 James McNeill이 들어섬. * Irish Tricolour가 Olympic Games에서 최초로 아일랜드 국기로 게양됨 (8월 27일).
작품 장면	* *Work in Progress*에 비판을 쏟아내는 대중들을 설득해 달라는 Joyce의 부탁에 H.G. Well가 보인 반응: 'I've been studying you and thinking over you a lot⋯I've an enormous respect for your genius dating from your earliest books and I feel now a great personal liking for you but you and I are set upon absolutely different courses⋯Your work is an extra-ordinary experiment and I would go out of my way to save it from destruction or restrictive interruption⋯To me it is a dead end.'
세계 문학	* D.H. Lawrence: *Lady Chatterley's Lover* * W.Somerset Maugham: *Ashenden, Or the British Agent* * Virginia Woolf: *Orlando, A Biography* * Eugene O'Neill: *Strange Interlude* * Robert Frost: *West-Running Brook*

• wikipedia
Timothy Michael Healy(1855~1931)
아일랜드자유국(Irish Free State)의 초대 총독(governor-general)
9살 조이스가 쓴 시 'Et tu, Healy!'의 당사자

• sites.northwestern.edu/northwesternlibrary

In early 1926, Joyce's sight was improving a little in one eye. It was about this time that Joyce paid a visit to his friend Myron C. Nutting, an American painter who had a studio in the Montparnasse section of Paris. To demonstrate his improving vision, Joyce picked up a thick black pencil and made a few squiggles on a sheet of paper, along with a caricature of a mischievous man in a bowler hat and a wide mustache—Leopold Bloom, the protagonist of Ulysses. Next to Bloom, Joyce wrote in Greek the opening passage of Homer's Odyssey: "Tell me, muse, of that man of many turns, who wandered far and wide." -www.openculture.com

1926년에 접어들면서 조이스의 한쪽 눈은 차츰 시력을 회복하고 있었다. 이 무렵 Joyce는 파리 시내 몽파르나스(Montparnasse) 구역에 아틀리에를 갖고 있던 미국인 화가 친구 Myron C. Nutting을 방문한 적이 있다. 자신의 시력이 좋아졌음을 보여줄 요량으로 조이스는 굵직한 검정색 연필을 집어 들고 종이에 구불구불한 선을 몇 개 긁적이고 나서 중절모에 넓은 콧수염을 한 장난기 넘치는 남자도 그렸다—바로 『율리시스』의 주인공 레오폴드 블룸의 모습이었다. 그리고 그 옆에 호머의 「오디세이」 첫 구절을 그리스어로 다음과 같이 적었다: "뮤즈여, 세상 여기저기 헤매고 다녔던 저 파란 많은 사람에 관한 이야기를 내게 들려주오."

Our Examination 12인의 저자

1929(47세)	
작가 생애	* 5월에 *Finnegans Wake*를 옹호하는 *Our Exagmination round His Factification for Incamination of Work in Progress*가 Shakespeare and Company에서 출간됨. * *Ulysses*의 불어판인 *Ulysse*가 세상에 나옴. * London과 Torquay 그리고 Bristol을 방문함. * *Tales Told of Shem and Shaun*이 출간됨. * Nora가 Neuilly의 Maison de Sante 병원에서 자궁 절제술(hysterectomy)을 받음(2월 5일).

국내 정세	* General Post Office가 복구되어 W.T. Cosgrave 대통령이 공식적으로 업무 재개시를 선언함(7월 11일). * Irish Censorship Board가 The Censorship of Publications Act를 제정함(8월).
작품 장면	* *Our Exagmination*의 저자는 Samuel Beckett, Marcel Brion, Frank Budgen, Stuart Gilbert, Eugene Jolas, Victor Llona, Robert McAlmon, Thomas McGreevy, Eliot Paul, John Rodker, Robert Sage, William Carlos Williams 등 12명인데, 마치 Earwicker 주점의 열두 손님인 듯 혹은 예수의 열두 제자인 듯 느껴진다. *Finnegans Wake*에 이렇게 적혀있다: 'Imagine the twelve deaferended dumbbawls of the whowl… of the word in pregross.'(284)
세계 문학	* William Faulkner: *The Sound the Fury* * Ernest Hemingway: *A Farewell to Arms* * Eugene O'Neill: *Dynamo* * George Bernard Shaw: *The Apple Cart* * W.B. Yeats: *The Winding Stair*

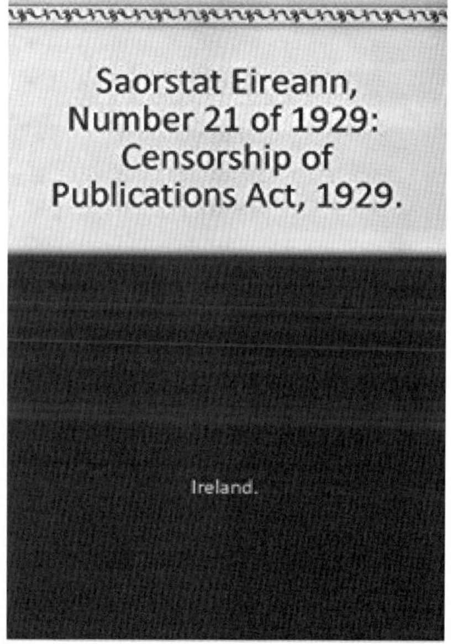

• sesmus dubhghaill
The Censorship of Publications Act
출판 검열 법령집

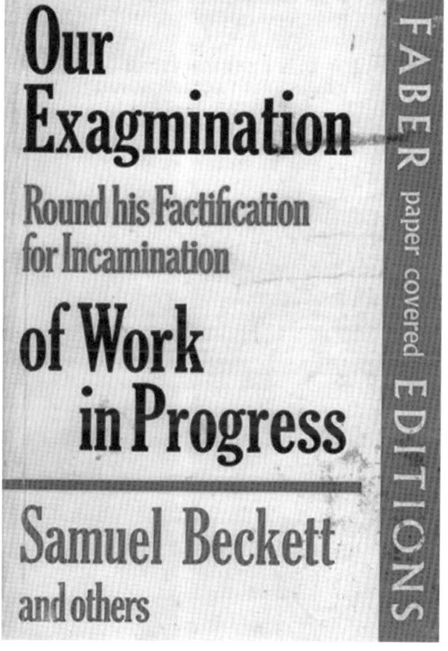

• Joe Gilmore
Faber and Faber
파버 앤 파버 출판물

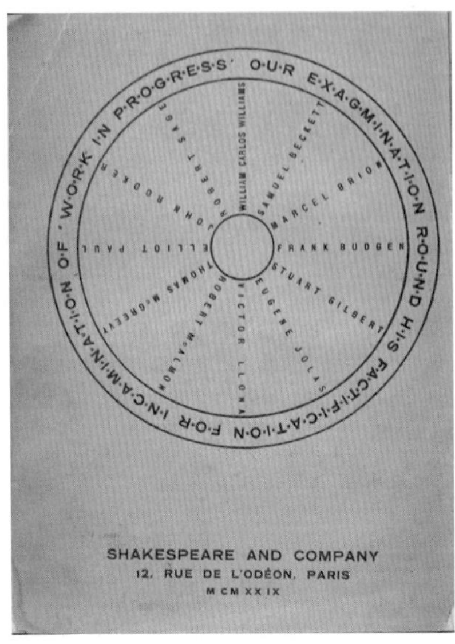

• Sanctuary Books
Shakespeare and Company
셰익스피어 앤 컴퍼니 출간물
'Imagine the twelve deaferended dumbbawls of the whowl… of the word in pregross.'【284:14】
'일제히 울부짖는 12명의 서로 다른 명청이들…진행 중인 작품에 대해'

Haveth Childers Everywhere 『우리 모두의 아버지』

	1930(48세)
작가 생애	* *Haveth Childers Everywhere*가 Henry Babou(Kahane의 동업자)와 Jack Kahane(Obelisk Press의 설립자)에 의해 Paris에서 출판됨. * Stuart Gilbert의 *James Joyce's Ulysses*가 출판됨. * 그해 파리 Seine 강변의 Esplanade des Invalides 교차로에서 택시를 타고 가다 추돌 사고로 이마와 허리를 다침. * 그즈음 20대 초반을 넘긴 Lucia는 이성(Samuel Beckett, Alexander Calder, Albert Hubbell)과의 사랑에서 상처를 입은 트라우마 여파로 sexual prowl의 길로 접어듦. * 12월 10일 아들 Giorgio가 미국인 이혼녀 Helen Kaster Fleischmann과 결혼함.
국내 정세	* Irish Free State가 League of Nations의 이사국으로 선정됨. * Abbey Theatre에서 George Shiel의 *The New Gossoon*이 초연됨(7월 1일).

작품 장면	* *FW*의 Book III, Chapter 3를 이루는 Haveth Childers Everywhere 속 도시명, 거리명, 건물명, 인명 등은 Encyclopaedia Britannica, Thom's Street Directory for Dublin, Dublin Postal Directory 등을 참고하여 punning을 함: 'the foxrogues[Foxrock 더블린 교외], there might accure advantage to ask wher in pellmell[Pall Mall 런던 웨스트민스터의 중심가] her deceivers sinned..,for Fulvia Fluvia[Blonde River] ⋯ from lacksleap up to liffsloup[Loopline Bridge on Liffey 리피강 하구의 철교] ⋯ by Kevin's creek[Kevin's Port 지금의 Camden Street] and Hurdlesford[Ford of the Hurdles] and Gardener's Mall[O'Connell Street, Dublin], long riverside drive[Riverside Drive, New York], embankment large[The Thames Embankment 템즈 강변도로]⋯'(547)
세계 문학	* William Faulkner: *As I Lay Dying* * D.H. Lawrence: *The Virgin and the Gypsy* * Thornton Wilder: *The Woman of Andros* * W.Somerset Maugham: *Cakes and Ale* * Samuel Beckett: *Whoroscope* * T.S. Eliot: *Ash Wednesday*

• openlibrary.org
James Joyce's Ulysses by Stuart Gilbert(1955 edition)

• wikidata
Esplanade des Invalides by the Seine, Paris
앵발리드 산책로(파리 센 강변)

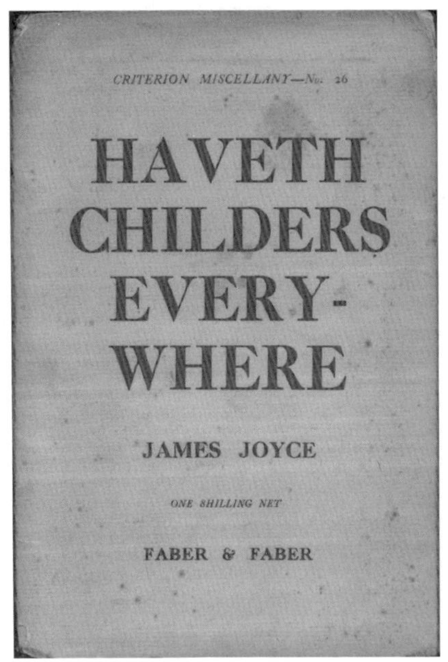

• abebooks
Haveth Childers Everywhere
우리 모두의 아버지(Father of us all)

Husband and Wife 27년 만의 결혼

	1931(49세)
작가 생애	* 훗날 자식들에게 물려줄 유산 상속을 고려한 Joyce와 Nora가 London, Campden Grove로부터 조금 떨어진 Marloes Road의 Kensington Registry Office에서 결혼식을 올림(7월 4일). * 9월경 다시 Paris로 돌아옴. * 12월 29일 아버지 John Stanislaus Joyce(1849~1931)가 82세를 일기로 세상을 떠남.
국내 정세	* Fianna Fail, 즉 The Republican Pary의 신문 The Irish Press가 처음 발행됨(9월 5일).
작품 장면	* Daily Mirror지는 Joyce의 결혼 소식을 신속하게 보도하는데, 'The bride's name is given as Nora Joseph Barnacle, aged 47, of the same address. Mr Joyce is the author of *Ulysses*. According to Who's Who he was married in 1904 to Miss Nora Barnacle of Galway.' * 한편, 부친을 잃은 애통함에서 헤어나오지 못한 Joyce가 Louis Gillet에게 건넨 'Moanday(애도하는 날→Monday), Tearsday(눈물짓는 날→Tuesday), Wailsday(통곡하는 날→Wednesday), Thumpsday(가슴 치는 날→Thursday), Frightday(전율하는 날→Friday), Shatterday(기력 없는 날→Saturday)'(301)라는 calendar가 *FW*에 고스란히 담겨있는데, 1주일 내내 슬픔에 잠긴 그의 모습을 그려볼 수 있음.
세계 문학	* E.E. Cummings: *CIOPW* * William Faulkner: *Sanctuary* * Virginia Woolf: *The Waves* * Eugene O'Neill: *Mourning Becomes Electra* * Samuel Beckett: *Proust*(non-fiction)

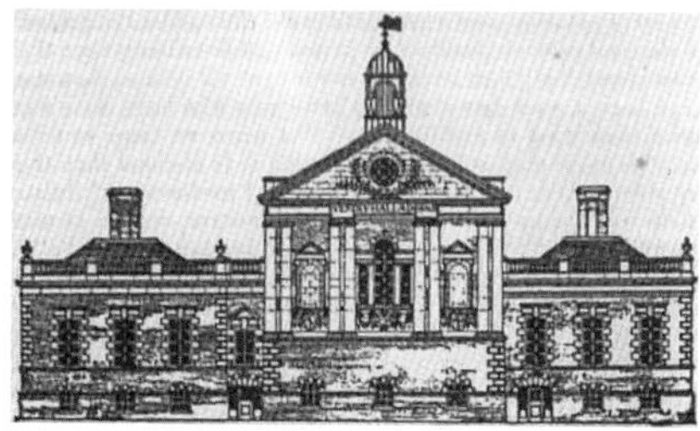

• wikipedia
Kensington and Chelsea Register Office
조이스와 노라가 결혼식을 올렸던 Kensington Registry Office의 조감도

• The Joyces with Lionel Monroe(solicitor) on the day
of marriage leaving Kensington Register Office in 1931
1931년 런던 캔싱턴 등기소에서 혼인신고를 마치고 나오는 조이스 부부와 변호사 리오넬 먼로

• John Stanislaus Joyce(1849~1931)
존 스타니슬라우스 조이스(제임스 조이스의 아버지)

Louis Gillet(1876~1943) thought that the 'peculiar rapport' between his father and son was 'the central factor in Joyce's life, the basis, the axis of his work.'(Gillet in Potts 189)
루이 질레는 제임스 조이스와 그의 아버지와의 '독특한 관계'는 '조이스 삶의 주요한 요인이자 근간이었으며 자기 작품의 중심축'이었다고 주장했다.

Ecce Puer 「아이를 보라」

1932(50세)	

작가 생애	* Lucia가 'Hebephrenic Psychosis(정신분열)' 증상을 보이며 Nora에게 의자를 집어 던짐(2월 2일). * 손자 Stephen James Joyces가 태어남(2월 15일). * 아버지를 잃은 슬픔과 손자를 얻은 기쁨의 순간을 한 편의 시 *'Ecce Puer'*로 남김. * 그해 여름을 Zurich, Austria, Nice에서 지냄. * 8월 15일에 Austria로 넘어가 Eugene Jolas가 머물고 있는 Feldkirch의 Hotel Lowen에서 *The Children's Hour*(나중에 *The Mime of Mick, Nick and the Maggies* 제목으로 출판됨)를 집필하지만 눈과 위장의 고통을 호소하다가 11월 17일 Paris로 돌아옴. * 12월에 *Ulysses*가 The Odyssey Press에서 출판됨.
국내 정세	* Irish General Election에서 Fianna Fail(The Republican Pary)당이 출범함(2월 16일). * Dublin Corporation이 교통 방해를 이유로 O'Connell Street의 Nelson's Pillar의 철거를 검토함(3월 31일). * Anglo-Irish Trade War(Irish Free State와 United Kingdom 간 무역 보복)이 시작됨(10월).
작품 장면	* *Ecce Puer*(아이를 보라)의 전문: 'Of the dark past/A boy is born./With joy and grief/My heart is torn./Calm in his cradle/The living lies./May love and mercy/Unclose his eye!/Young life is breathed/Upon the glass,/The world that was not/Comes to pass./A child is sleeping;/An old man gone./O, father forsaken,/Forgive your son!'
세계 문학	* William Faulkner: *Light in August* * Aldous Huxley: *Brave New World* * W.Somerset Maugham: *The Narrow Corner* * W.H. Auden: *The Orators*

Ecce Puer

Of the dark past
A child is born;
With joy and grief
My heart is torn.

Calm in his cradle
The living lies.
May love and mercy
Unclose his eyes!

Young life is breathed
On the glass;
The world that was not
Comes to pass.

A child is sleeping:
An old man gone.
O, father forsaken,
Forgive your son!

• internetpoem.com
Ecce Puer (아이를 보라)
아버지의 죽음과 손자의 탄생에 관한 슬픔과 기쁨의 시

• wikipedia
Lucia Joyce
루치아 조이스

26 July 1907, Trieste~12 December 1982, Northampton
1907년 7월 26일 트리에스테에서 태어나고, 1982년 12월 12일 노샘프턴에서 생을 마침

One Book Called 'Ulysses' 울시의 판결

1933(51세)	
작가 생애	* 미국의 Little Review지에 1918년 3월부터 1920년 12월까지 연재하던 중 게재 금지 처분을 받음. * 1921년 4월 5일에는 B.W. Huebsch로부터 출판 취소 통보를 받은 뒤, 1922년 2월 2일 Shakespeare and Company의 Sylvia Beach가 출판하기까지 질곡의 세월을 견뎌낸 *Ulysses*가 1933년 12월 6일 미국 뉴욕 Southern District Court의 John Munro Woolsey(1877~1945) 판사(그해 여름 내내 Woolsey 판사는 *Ulysses*를 독파함)에 의해 판금 해제라는 역사적 판결을 받아냄.
국내 정세	* Eamon de Valera가 이끄는 Fianna Fail(The Republican Party)이 그해 총선에서 승리를 거둠(2월 4일). * Cumann na nGaedheal, National Guard, Centre Party가 합당하여 Fine Gael를 창당함(9월 2일).
작품 장면	* Woolsey 판결문의 마지막 대목이 세계문학의 흐름을 바꿔놓을 줄은 그도 몰랐을 것이다: "I am quite aware that owing to some of its scenes 'Ulysses' is a rather strong draught to ask some sensitive, though, normal, persons to take. But my considered opinion, after long reflection, is that whilst in many places the effect of 'Ulysses' on the reader undoubtedly is somewhat emetic, nowhere does it tend to be aphrodisiac. 'Ulysses' may, therefore, be admitted into the United States."
세계 문학	* Virginia Woolf: *Flush, A Biography* * W.Somerset Maugham: *Sheppey* * Eugene O'Neill: *Ah, Wilderness!* * W.B. Yeats: *The Winding Stair and Other Poems* * George Orwell: *Down and Out in Paris and London*

• wikipedia
Fianna Fáil poster
1948년 총선용 선거 전단

• The Free Social Encyclopedia
John Munro Woolsey(1877~1945)
존 먼로 울시(미국 뉴욕 남부 지방법원 판사)
"Ulysses" may, therefore, be admitted into the United States.
따라서 『율리시스』의 미국 내 반입을 허락한다.
-울시 판결문의 마지막 문구

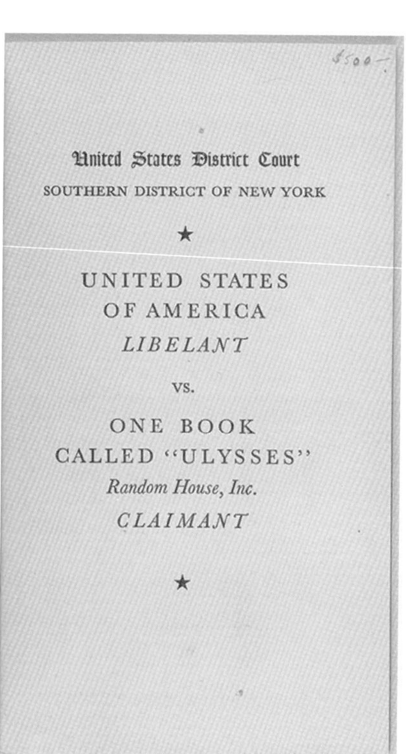

United States District Court

SOUTHERN DISTRICT OF NEW YORK

★

UNITED STATES
OF AMERICA
LIBELANT

VS.

ONE BOOK
CALLED "ULYSSES"
Random House, Inc.
CLAIMANT

★

• www.themorgan.org

울시 판사의 친구가 제작한 『율리시스』 판결 관련 팸플릿

Lucia's Falling vs Joyce's Diving 정신병과 상상력

1934(52세)	
작가 생애	* 1월 25일, New York의 Random House에서 *Ulysses*가 출판되고, 같은 달 TIME지 표지 인물로 실림. * 3월에 Frank Budgen의 *James Joyce and the Making of 'Ulysses'*가 출판됨. * 9월 15일, Lucia가 방에 불을 지르는 일이 있고 난 후 취리히 수용 시설로 보내짐. * 11월 19일, 지난 3년간 Lucia를 치료하기 위해 세 군데의 정신병원을 전전했으며, 24명의 전문의와 12명의 간호사를 거쳤음.
국내 정세	* 미국의 W.W. McDowell(1867~1934) 장관이 Dublin Castle에서의 국빈 만찬 중 심장마비로 사망함(4월 9일).

작품 장면	* 9월경, Carl Jung이 Lucia의 증상을 다음과 같이 결론짓는다: 'His 'psy-chological' style is definitely schizophrenic, with the difference, however, that the ordinary patient cannot help himself talking and thinking in such a way…But his daughter did, because she was no genius like her father, but merely a victim of the disease.'
세계 문학	* Samuel Beckett: *More Pricks Than Kicks* * F.Scott Fitzgerald: *Tender is the Night* * George Orwell: *Burmese Days*

• 29 January 1934: 'The net effect of its[Ulysses] 768 big pages is a somewhat tragic and very powerful commentary on the inner lives of men and women.'

1934년 1월 29일 자: '768쪽의 방대한 『율리시스』가 갖는 순수 효과는 남성과 여성의 내면적 삶에 관한 비극적이면서 매우 강력한 기록이라는 점이다'

• 8 May 1939: 'As a gigantic laboratory experiment with language, Finnegans Wake is bound to exert an influence far beyond the circle of it immediate readers.'

1939년 5월 8일 자: '거대한 언어 실험장으로서의 『경야의 서』는 틀림없이 당대의 독자층을 훨씬 뛰어넘어서까지 영향을 끼칠 것이다'

1936(54세)	
작가 생애	* 8월 21일까지 Denmark에 머무는 동안 Hamlet[Port of Helsingor(El-sinore)], Ibsen[Skien, Norway], Earwicker의 옛집을 순례함. * *Collected Poems*가 New York에서 출판됨. * *Ulysses*가 John Lane에 의해 영국에서 출판됨(10월 3일). * Lucia의 lettrine(대형 장식 대문자)이 그려진 *A Chaucer ABC*가 출판됨 (7월).
국내 정세	* George V가 죽고 Edward VIII가 왕위에 오르지만 그해 12월에 퇴위함. * George VI가 계승함. Irish Free State가 국적기로 Aer Lingus를 취항함.
작품 장면	* Denmark 순례의 기억들이 *Work in Progress(Finnegans Wake)*에 나타나 있음: 'Be ownkind. Be kithkinish. Be bloodysibby. Be irish. Be inish. Be offalia. Be hamlet. Be the property plot. Be Yorick and Lankystare. Be cool. Be mackinamucks of yourselves. Be finish.'(465)
세계 문학	* William Faulkner: *Absalom, Absalom!* * Aldous Huxley: *Eyeless in Gaza* * John Steinbeck: *In Dubious Battle* * T.S. Eliot: *Four Quartets* * W.B. Yeats: *The Oxford Book of Modern Verse 1892~1935*

• The Irish Times
A sample image of Lucia Joyce's Lettrines from A Chaucer ABC
루치아 조이스의 문자 도안화 샘플 그림

My Love was Samuel Beckett 루치아의 남자

1937(55세)

작가 생애	* 생애 마지막 작품이 이듬해 자신의 생일인 1938년 2월 2일 출판되길 바라면서, 이 한 해를 온전히, 매일 늦은 밤까지 하루 16시간의 강도 높은 집필에 매달림. * *Ulysses*의 마지막 단어를 'Yes'로 결정했을 때와 마찬가지로 *Finnegans Wake*의 마침표를 찍는 최후의 단어 선정에 고심함. * *Work in Progress*의 마지막 Storyella She is Syung(Storiella as She is Syung)가 London에서 출판됨. * 이듬해 1월 6일 밤, Samuel Beckett가 Alan, Belinda Duncan과 함께 Avenue d'Orleans를 걸어가다가 자신을 향해 걸어오는 뚜쟁이를 밀치는 순간 괴한의 칼에 가슴을 찔려 죽을 고비를 겪음.
국내 정세	* Battle of Jarama(Spanish Civil War)에 Connolly Column 등이 참전함(2월 6일~27일). * Eamon de Valera가 새로운 Constitution of Ireland를 도입함(4월 30일). * St Stephen's Green에 세워져 있던 영국 George II의 동상이 파괴됨(5월 13일). * Fianna Fail(The Republican Party)당이 총선에서 승리를 거둠(7월 1일). * 새로운 헌법이 제정됨과 동시에 Irish Free State가 Republic of Ireland로 국명이 바뀜(12월 29일).
작품 장면	* *Finnegans Wake*의 독창적 서사 구조의 백미를 장식하고 있는 'the'의 탄생 비화: 'the most slippery, the least accented, the weakest word in English, a word which is not even a word, which is scarcely sounded between the teeth, a breath, a nothing.'
세계 문학	* Ernest Hemingway: *To Have and Have Not* * Franz Kafka: *The Trial* * W.Somerset Maugham: *Theatre* * John Steinbeck: *Of Mice and Men* * Virginia Woolf: *The Years*

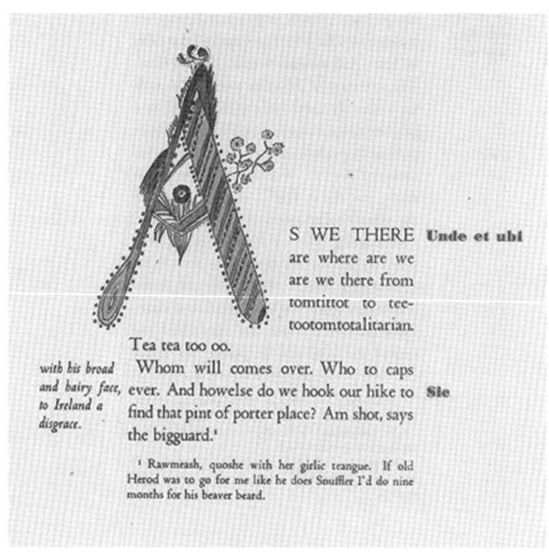

• themorgan.org
Storiella as She is Syung(1937 Corvinus Press)
첫 글자 A는 루치아 조이스의 채색 솜씨

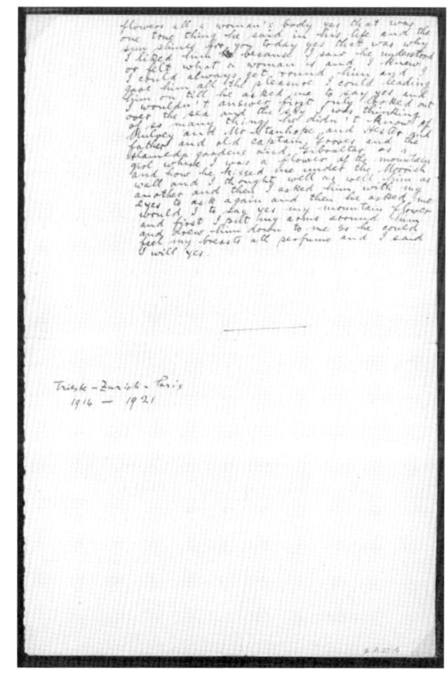

• Manuscript of the last page of Ulysses
『율리시스』 육필 원고의 마지막 페이지

Samuel Beckett(1906~1989)

'My love was Samuel Beckett. I wasn't able to marry him.' –Lucia Joyce
'내가 사랑한 남자는 사무엘 베케트였다. 나는 그 남자와 결혼할 수 없었다.'

Finnegans Wake『경야의 서』

1939(57세)	
작가 생애	* World War II(1939. 9. 1.~1945. 9. 2.)의 전운이 감돌던 그즈음 어느 날 (3월 15일, Hitler는 이미 Czechoslovakia의 나머지 지역까지 점령함), Jacques Mercanton과 Seine 강변을 산책하던 Joyce가 'Let us leave the Czechs in peace and occupy ourselves with *Finnegans Wake*'하길 바라던 *Finnegans Wake*가 London의 Faber and Faber와 New York의 The Viking Press에서 각각 공식 출판됨(5월 4일). * 전 가족이 Etretat, Berne, Zurich를 찾음. * 9월 중순, Pornichet에서 Lucia와 재회하면서 10월 8일까지 그곳에 체류한 뒤, Vichy 근교의 Saint Gerand-le-Puy에서 그해 Christmas를 보냄.
국내 정세	* Clann na Talmhan(The National Agricultural Party)가 Galway의 Athenry에서 창당됨(6월 29일). * Irish Red Cross Society가 설립됨(7월 1일). * State of Emergency가 선포됨(9월 1일).

작품 장면	* 그 무렵, Joyce는 bar에서 마치 *Finnegans Wake*를 끝으로 펜을 던지겠다는, 아니 Joyce 자신의 슬픈 부고를 예고하는 듯한, 마지막 작품의 마지막 부분을 암송하는데, 'I only hope whole the heavens sees us. For I feel I could near to faint away. Into the deeps. Annamores leep.'(625~626), 'And it's old and old it's sad and old it's sad and weary I go back to you⋯ the moyles and moyles of it, moana-noaning, makes me seasilt saltsick and I rush, my only, into your arms.'(627~628)
세계 문학	* William Faulkner: *If I Forget Thee Jerusalem* * Ernest Hemingway: *The Snows of Kilimanjaro* * Henry Miller: *Tropic of Capricorn* * George Orwell: *Coming Up for Air* * John Steinbeck: *The Grapes of Wrath* * T.S. Eliot: *Old Possum's Book of Practical Cats*

• Gerand-le-Puy(생 제르망-뒤-푸이)에 있는 제임스 조이스 도서관 명판

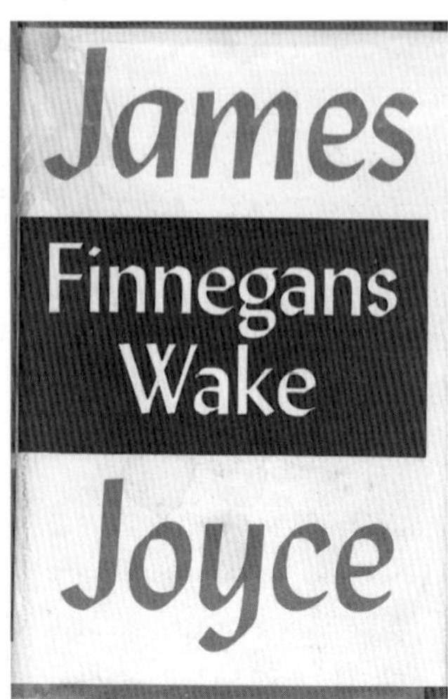

• The 1st Edition of Finnegans Wake
The Viking Press, New York
『피네간의 경야』 초판본
뉴욕 바이킹 출판사

• The 1st Edition of Finnegans Wake
Faber and Faber, London
『피네간의 경야』 초판본
런던 파버 앤 파버 출판사
'Let us leave the Czechs in peace and occupy ourselves with Finnegans Wake'
-James Joyce
'체코 사람들일랑 그냥 가만히 놓아두고 우리는 『피네간의 경야』에나 빠져봅시다'

Back to Zurich 인생의 황혼

	1940(58세)
작가 생애	* 12월 15일 Joyce는 Lausanne에서 Chavornet 근처의 Maisin de Sante에 수용되어 있는 Lucia를 만남. * 그날 이후 Joyce와 Lucia는 살아생전 다시 만나지 못함. 이틀 뒤, 가련한 Lucia를 정신병동에 홀로 남겨둔 채 Joyce 인생 여정의 마지막 기착지 Zurich에 도착하는데, 그때는 이미 36년 전 패기 넘치던 Joyce와 풋풋했던 Nora가 아니라 가난하고 병든 노부부의 지친 모습을 보임. * Joyce는 대부분의 오후 시간을 손자 Stephen의 손을 잡고 Sihl강과 Limmat강이 합류하는 Platzspitz Park[Needle Park]를 산책하면서 망중한을 즐김.
국내 정세	* Cork City 중심가에서 Sinn Fein당의 Cork 시장인 Tomas Mac Curtain가 John Roche 경찰에게 발포를 하여 중상을 입힘(1월 3일). * Maynooth의 St Patrick's College에 화재가 발생함(3월 29일). * 독일 정부가 Dublin 폭탄 투하에 따른 피해 보상을 할 용의가 있다는 소식을 독일 언론이 발표함(10월 3일).
작품 장면	* Paul Ruggiero가 자주 Pension Delphin의 Joyce의 안부를 확인하기 위해, 그의 방에 들어갈 때마다 자신의 모자를 무심코 Joyce의 침대 위에 올려놓고는 했는데 이를 본 Joyce가 던진 한마디: 'Ruggiero, take that hat off the bed. I'm superstitious and it means somebody is going to die.' 곧 다가올 자신의 죽음을 예견이라도 한 것처럼.
세계 문학	* Raymond Chandler: *Farewell, My Lovely* * Ernest Hemingway: *For Whom the Bells Tolls* * W.Somerset Maugham: *The Mixture as Before* * Richard Wright: *Native Son*

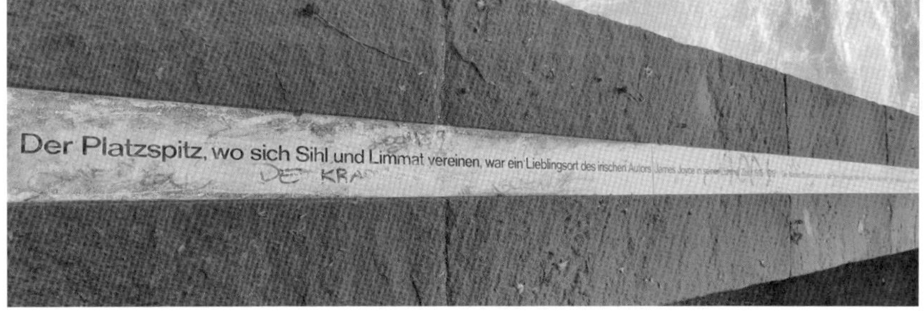

• Limmat강과 Sihl강이 만나는 언덕 난간에 『경야經夜의 서書』 글귀가 새겨져 있다.

• Limmat강과 Sihl강

• Limmat강과 Sihl강이 합류하는 언덕

[독]Der Platzspitz, wo sich Sihl und Limmat vereinen, war ein Lieblingsort des irischen Authors James Joyce in seiner Zürcher Zeit(1915~1919). Die Namen flossen auch in sein Werk Finnegans Wake ein: "Yssel that the limmat!" und "legging a jig or so on the sihl"

[영]Platzspitz, where Sihl and Limmat merge, was a favorite location of the Irish Author James Joyce during his Zürich time(1915~1919). The names were also integrated in his oeuvre Finnegans Wake: "Yssel that the limmat!"【198:13】 and "legging a jig or so on the sihl"【200:23~24】

실강과 리마트강이 합류하는 플라츠스피츠는 제임스 조이스가 취리히에서 지내던 동안(1915~1919) 즐겨 찾던 장소였다. 강 이름 또한 그의 마지막 작품 『피네간의 경야』 속에 녹아들어 있다: '거기까지가 전부인가!(Is all that the limit!)' 그리고 '실강 위에서 경쾌한 발놀림으로 지그 춤을 추는'

제임스 조이스, 1938년

Sunny Jim, 불멸의 영원 속으로 걸어 들어가다

* Sunny Jim: 젊은 시절 Joyce는 스포츠 대회에서 특유의 유쾌한 성격 때문에
sunny(유쾌한)이라는 별명이 붙음

• https://bloomsburyliterarystudiesblog.com

불멸의 순간 ⑦

제임스 조이스, 1938년

◎ 1941~ (59세~) Years of 'Death in Exile'

1941년(1월 9일)	프랑스 회화전 관람을 한 후 Ruggiero와 함께 Kronenhalle Restaurant에서 저녁 식사를 하다
1941년(1월 10일)	이날 밤, 극심한 위통에 모르핀을 주사하지만 호전되지 않아서 급기야 Schwesterhaus vom Roten Kreuz로 후송되다
1941년(1월 12일)	전날의 '천공성 십이지장 궤양' 수술 후 혼수상태에 빠지다
1941년(1월 13일)	새벽 1시에 깨어난 조이스는 간호사에게 노라와 조지오를 불러 달라 요청하지만 그들이 도착하기 전 2시 15분에 파란波瀾의 생을 마감하다
1941년(1월 15일)	취리히의 Fluntern Cemetery에 묻히다
1951년(4월 10일)	이후 줄곧 취리히에 남아 있던 아내 노라(Nora)도 그곳에서 눈을 감다
1976년(6월 12일)	아들 조지오(Giorgio)가 독일의 Konstanz에서 천상의 부모 곁으로 돌아가다
1982년(12월 12일)	딸 루치아(Lucia)가 영국 Northampton의 St Andrew's Hospital 정신병동에서 75세를 일기로 쓸쓸한 죽음을 맞이하다

I am passing out. O bitter ending!【627:34-35】

정신이 희미해져 가고 있어. 아 비통한 종말이여!

Addio Terra Addio Cielo 땅이여 하늘이여 안녕

1941(59세)	

<table>
<tr><td>작가
생애</td><td>
* 1월 7일 저녁, 여느 때처럼 Kronenhalle에 들른 Joyce는 'Perhaps I won't be here much longer.'라는 불길한 예언을 남기고, 이틀 뒤 눈비가 섞여 내리는 밤에 다시 찾은 것이 그의 예언대로 마지막이었음. 다음 날 새벽 2시 응급차로 Schwesterhaus vom Roten Kreuz에 실려갈 때 Joyce의 움푹 들어간 눈은 열려 있었고 '물고기처럼 온몸을 비틀면서(writhing like a fish)' 고통을 호소함.
* 이후 긴 혼수상태에 빠졌다가, 1월 13일 새벽 1시에 깨어나 Nora와 Giorgio를 애타게 찾다가 그들이 병원에 도착하기 전 59회 생일을 3주 앞두고 영면에 들어감(Walking into Eternity).
* 이때가 1941년 1월 13일 월요일 오전 2시 15분! 그리고 눈 내리는 몹시 추운 날(1월 15일), Zurich의 Zoological Garden 바로 옆 Fluntern Cemetery에 안장됨. 그로부터 10여 년이 지난 1951년 4월 10일, 그녀도 Joyce를 뒤따르지만 그의 바로 곁에 묻히지 못했다. 그 옛날(1904. 10. 8.) 처음 유럽으로 떠나는 배에 나란히 손잡고 오르지 못했던 것처럼.
</td></tr>
<tr><td>국내
정세</td><td>
* Dublin Castle 화재로 의전실 일부가 손실됨(1월 24일).
* 독일군의 Belfast 공습(Belfast Blitz)으로 1,000여 명이 사망함(4월 15일).
</td></tr>
<tr><td>작품
장면</td><td>
* 아버지의 죽음을 전해 들은 Lucia(그녀는 1930년 최초 mental illness 진단과 1932년 5월 29일에 schizophrenia 판정을 받고 Zurich의 Burgholzi 정신병동에 수용되었다가, 1951년 영국 Northampton의 St Andrew로 옮겨진 뒤 줄곧 그곳에서 31년을 지내다 1982년 12월 12일에 74세의 나이로 부모 곁으로 돌아감)는 'That imbecile, what is he doing under the ground? When will he decided to leave? He's watching us all the time.'라고 말함.
* Joyce의 병명과 사인은 Perforated Ulcer(천공성 궤양), General-ized Peritonitis(범복막염), Paralytic Ileus(마비성 장폐색증).
</td></tr>
<tr><td>세계
문학</td><td>
* W.Somerset Maugham: *Up at the Villa*
* Henry Miller: *The Colossus of Maroussi*
* Virginia Woolf: *Between the Acts*(유고작)
* T.S. Eliot: *The Dry Salvages*
* W.H. Auden: *New Year Letter*
</td></tr>
</table>

• Joyce underwent the pangs of 'writhing like a fish' in Schwesterhaus vom Roten Kreuz
병원에 도착한 조이스는 '온몸을 비틀어 짜는 듯한' 극심한 고통을 호소했다.

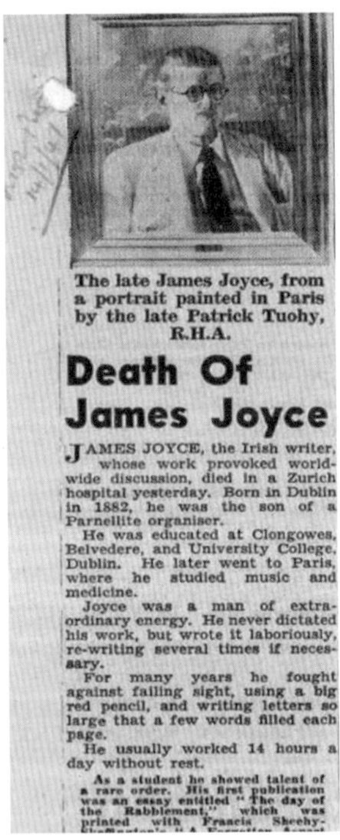

• nationalarchives.ie
James Joyce entered into eternal exile on 13 January 1941
1941년 1월 13일, 영원한 망명의 길로 접어들다

• source: Fritz Senn

장례식에서 스위스의 테너 Max Meili가 부른 Monteverdi의 오페라 L'Orfeo(오르페우스) 중에서 「Tu se' morta」(그대는 죽고)의 마지막 아리아 'Addio terra, addio cielo, e sole, addio(땅이여 하늘이여 태양이여 안녕)'는 남은 자들의 비통함을 더 했을 것이다.

• source: Fritz Senn
Funeral Scene of James Joyce(1941. 1. 13.)
제임스 조이스의 장례 장면

That day the cold was intense. The Lake Zurich was frozen over and the snow so heavy that the confluence of the Limmat and the Sihl which Joyce had loved so much was obscured from view.

유난히 추웠던, 생생의 마지막 하루. 취리히 호수는 혹한에 꽁꽁 얼어붙었고, Limmat강과 Sihl강이 합류하는 언덕은 하염없이 내리는 폭설에 가려져 유령처럼 희뿌옇게 보였다. 말년의 조이스는 그곳을 끔찍이 사랑했다.

• Bloomsbury Publishing Pic

저 강 건너, 생生의 피안彼岸으로 향하려는 것인가?
오래지 않아 자신이 숨을 거두게 될 Limmat강 건너편의 적십자 병원을 Sihl강을 등지고 바라보고 있
는 이 사진을, 조이스는 가장 좋아했다.
1938년 어느 겨울, Limmat강과 Sihl강이 만나는 곳의 제임스 조이스.

글 밭을 거두며

제임스 조이스의 시력과 시련

1925~1926년 무렵, 조이스는 거의 실명 상태에서 한쪽 눈 시력에 간신히 의지한 채,
커다란 카드에 크레용으로 큼직큼직하게 글자를 적어가면서 『경야』를 집필했다.
노라(Nora)가 물었다 "저 카드들은 다 뭐예요?"
"작품의 원고 더미들이오."

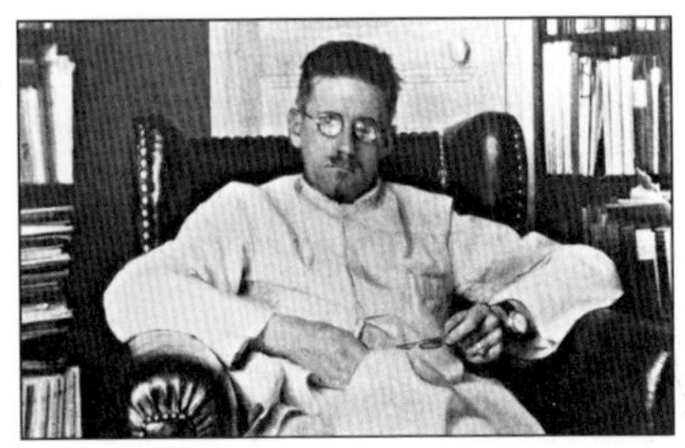

• www.washingtonian.com

눈 주위에 드리워진 그림자로 인해 나의 시력은 심하게 흔들리고 있다.
My sights are swimming thicker on me by the shadows to this place.【215:09~10】

• harpers.org

한낮에도 사물이 어스름처럼 희뿌옇게 보였으므로 흰옷에 반사된 빛을
원고지에 비춰가며 글을 써야 했다.
『경야經夜』와 함께 조이스는, 낮조차 밤이나 다름없는 시간을 경야經夜했다.

제임스 조이스의 문학 영토

The Literary Imperium of James Joyce

국가	년도
Ireland [Northern Ireland]	**1882**-1901 1902 1903 1904 1909 1912 [1909]
England	**1902** 1904 1912 1922 1923 1924 1927 1929 1930 1931
France	**1902** 1903 1904 1920 1921 1922 1923 1924 1925 1926 1927 1928 1929 1930 1931 1932 1933 1934 1935 1936 1937 1938 1939 1940
Switzerland	**1904** 1915 1916 1917 1918 1919 1928 1930 1932 1933 1934 1935 1937 1938 1939 1940 **1941**
Slovenia	**1904**
Italy	**1904** 1905 1906 1907 1908 1909 1910 1911 1912 1913 1914 1915 1919 1920 1934
Croatia	**1904** 1905 1906
Vatican City State	**1906**
Austria	**1907** 1928 1932
Netherlands	**1912** 1927
Monaco	**1922** 1934
Belgium	**1926** 1927 1934 1936
Germany	**1928** 1930 1936
Luxembourg	**1934**
Denmark	**1936**

제임스 조이스의 더블린 문학 영토

Joyce's Literary Imperium in Dublin

시기	나이	문학 영토
1877~		Chapelizod(아버지 John Joyce 거주)
		Upper Clanbrassil Street(어머니 Mary Jane 거주)
1880/5/5		Church of Our Lady of Refuge, Rathmines(부모님 결혼 장소)
1880~1881		47 Northumberland Avenue, Kingstown(부모님 신혼 장소)
1882~1884		41 Brighton Square, Wes Rathgar
1884~1887	2~5	23 Castlewood Avenue, Rathmines
1887/5~1891	5~9	1 Martello Terrace, Bray, County Wicklow
1888/9~1892/12	6~10	Sallins, County Kildare[Clongowes Wood College]
1892~1893	10~11	23 Carysfort Avenue, Blackrock(일명 Leoville)
1893~1894	11~12	29 Hardwicke Street
		14 Fitzgibbon Street(Mountjoy Square 근처)
1893~1898	11~16	Great Denmark Street[Belvedere College]
1894	12	Kingsbridge Station(지금의 Heuston Station)
		2 Millbourne Avenue, Drumcondra
1895~1898	13~16	17 North Richmond Street

1898~1899/5	16~17	29 Windsor Avenue, Fairview
1899~1902	17~20	St Stephen's Green[University College: UCD]
1899	17	7 Convent Avenue, Fairview
1899~1900/4	17~18	13 Richmond Avenue, Fairview
1900/5~1901	18~19	8 Royal Terrace, Fairview(Inverness Road)
1900	18	Mullingar, Westmeath
1901~1902	19~20	32 Glengariff Parade, North Circular Road
1902/10~1902/12	20	7 St Peter's Terrace(5 St Peter's Road)
1902/12/1~1902/12/3		Dun Laoghaire—Holyhead—Euston Station—Paris
1902/12~1903/1	20~21	7 St Peter's Terrace, Phibsborough[Cabra]
1903/1/23~1903/3/11	21	Hotel Corneille, Paris
1903/4~1904/3	21~22	7 St Peter's Terrace, Phibsborough[Cabra]
1904/3~1904/8	22	60 Shelbourne Road, Ballsbridge
1904		35 Strand Road, Sandymount
		103 North Strand Road, Fairview
1904/9/4~1904/9/8		Martello Tower, Sandycove
1904/10/8		North Wall, Dublin
1909/7/29~1909/8/26	27	44 Fontenoy Street, Dublin
1909/8/26~1909/8/27		4 Bowling Green, Galway
1909/8/28~1909/9/9		
1909/10/21		44 Fontenoy Street, Dublin
1910/1/2	28	

1912/7/17~1912/8/17		4 Bowling Green, Galway
1912/8/17~1912/8/22		17 Richmond Place, North Circular Road
1912/8/22~1912/9/11	30	21 Richmond Place, North Circular Road
1912/9/11~1912/9/15		Dublin—London—Triest—Flushing—Munich—Salzburg

* 조이스가 부모님과 함께 Dublin에서 지내는 동안 20여 차례 이사를 다님.

* 1904년 10월 8일, Dublin을 떠난 조이스는 그 후 1909, 1910, 1912년을 제외하고 다시는 더블린 땅을 밟지 않음.

* 나중에 조이스는 Zurich에서 8번에 걸쳐 이사를 하게 됨.

* 조이스는 또 Trieste에서는 10차례나 주소를 옮겨 살게 됨.

* 그리고 Paris에서 조이스는 20여 년을 살면서 19번 이사를 하게 됨.

제임스 조이스의 유럽 문학 영토

Joyce's Literary Imperium in the Continent

국가	도시	문학 영토	기간
Ireland	Dublin	Kingstown[Dun Laoghaire] Pier, Dublin	1902/12/01
England	Holyhead	Seaport in Anglesey, Wales	1902/12/02
	London	London Euston(Railway Station) on Euston Road	1902/12/02
		London Victoria(Railway Station) in Belgravia	1902/12/02
	Newhaven	Ferry Port in East Sussex	1902/12/02
France	Dieppe	Dieppe Seaport in Normandy	1902/12/03
	Paris	Gare-du-Nord(Railway Station), 10th Arrondissement	1902/12/03
		Hotel Corneille	1902/12/03~22
Ireland	Dublin	7 St Peter's Terrace	1902/12/23 ~1903/01/23
France	Paris	Hotel Corneille	1903/01/23 ~03/11
Ireland	Dublin	Shelbourne Road, Strand Road, North Strand Road, St Peter's Terrace	1903/03/12 ~1904/10/08
		North Wall(Dublin Port)	1904/10/08
England	Holyhead	Seaport in Wales	1904/10/09
France	Paris	Gare St. Lazare(Railway Station), 8th Arrondissement	1904/10/10
		Gare de l'Est(Railway Station), 10th Arrondissement	1904/10/10
Switzerland	Zurich	Gasthaus Hoffnung, 16 Reitergasse	1904/10/11~19
Slovenia	Ljubljana [Laibach]	Garden Observatory nearby railway station	1904/10/20

Italy	Trieste	Central Hotel	1904/10/21~29
Croatia	Pula [Pola]	2 Via Giulia	1904/10/29
		7 Via Medolino	1905/01/13
Italy	Trieste	3 Piazza Ponterosso(3rd floor)	1905/03/05 ~1905/04/30
		30 Via San Nicolo(2nd floor)	1905/05/01 ~1906/02/24
		1 Via Giovanni Boccaccio(2nd floor)	1906/02/24 ~1906/07/30
Croatia	Rijeka [Fiume]	Rijeka Railway Station	1906/07/30
		Rijeka Pier	1906/07/30
	Opatija	Hotel Imperial	1904~1906
		Hotel Bevanda	1904~1906
		Hotel Riviera	1904~1906
Italy	Ancona	Porto di Ancona(Ancona Pier)	1906/07/30
	Rome [Roma]	52 Via Frattina(2nd floor)	1906/07/31
		51 Via Monte Brianzo(4th floor)	1906/12/08
Vatican	Vatican City State	St. Peter's Basilica, Vatican Museum	1906/08/04~05
Italy	Trieste	16 Via San Nicolo(3rd floor)	1907/03 ~1907/09
		1 Via Santa Catarina(1st floor)	1907/12 ~1909/03
Austria	Feldkirch	Feldkirch Railway Station	1907/12/01

• homethoughtsfromabroad626.wordpress.com/
Kingstown[Dun Laoghaire] Pier, Dublin
킹스타운[던리어리] 부두, 더블린

• www.pinterest.fr/pin/505951339363381011/
The Port of Dieppe, Normandy, France in 1900
1900년 무렵의 디에프 항구, 프랑스 노르망디

국가	도시	문학 영토	기간
Italy	Trieste	8 Via Vincenzo Scussa(1st floor)	1909/03/06 ~1910/08/24
Ireland	Galway	8 Bowling Green	1909/08/26~27
	Dublin	44 Fontenoy Street	1909/09/01~09
	Dublin -Trieste	en route	1909/09/09~13
Italy	Trieste	8 Via Vincenzo Scussa	1909/09/13 ~1909/10/18
	Trieste -Dublin	en route	1909/10/18~21
Ireland	Dublin	44 Fontenoy Street	1909/10/21 ~1909/11/27
Northern Ireland	Belfast	en route	1909/11/27~28
Italy	Trieste	32 Via Barriera Vecchia(3rd floor)	1910/08 ~1912/09
	Padua	Albergo Toretta, Padua, Veneto	1912/04/24~26
Ireland	Galway	8 Bowling Green	1912/07/17 ~1912/08/17
England -Nether lands	Harwick -Flushing	en route	1912/09/11~15

Italy	Trieste	4 Via Donato Bramante(2nd floor)	1912/09/15 ~1915/06/28
Switzer-land	Zurich	15 Reitergasse, Gasthaus Hoffnung	1915/06/30 ~1915/07/07
		7 Reinhardstrasse, Seefeld District	1915/07/07 ~1915/10/15
		19 Kreuzstrasse, Seefeld District	1915/10/15 ~1916/03/31
		54 Seefeldstrasse, Seefeld District	1916/03/31 ~1917/01/30
		73 Seefeldstrasse, Seefeld District	1917/01/30 ~1917/10/12
	Locarno	Pension Villa Rossa	1917/10/12 ~1917/11/05
		Pension Daheim	1917/11/05 ~1918/01/06
	Zurich	38 Universitatstrasse	1918/01/06 ~1918/10/26
		29 Universitatstrasse	1918/10/26 ~1919/10/15
Italy	Trieste	2 Via Armando Diaz(3rd floor)	1919/10/17 ~1920/07/03
Switzer-land	Zurich	1 Zeltweg, Pfauen Cafe	during the WWI
		4 Ramistrasse, Kronenhale Restaurant	in his 30s
		Zimmerleuten Restaurant	in his 30s
		Schwesterhaus von Roten Kreuz	his last location
Italy	Trieste	2 Via della Sanita	1920/06/01~03
	Porto-gruaro	Meteropolitan City of Venice, Veneto	1920/06/03~04
	Trieste	2 Via della Sanita	1920/06/04~08
	Sirmione	Brescia, Lombardy	1920/06/08~10
	Trieste	2 Via della Sanita	1920/06/10
	Milan -Venice	en route	1920/07/03~08

France	Paris	9 Rue de Beaune, 7th Arrondissement, Hotel Elysee	1920/07/08~15
		5 Rue de l'Assomption, 16th Arrondissement	1920/07/15 ~1920/11/01
		9 Rue de l'Universite, 7th Arrondissement, Hotel Lennox	1920/11/02 ~1920/12/01
		5 Boulevard Raspail, 7th Arrondissement	1920/12/01 ~1921/06/03

• www.laphamsquarterly.org
Trieste Grand Canal in 1915
1915년 무렵의 트리에스테 그랜드 운하

• www.laphamsquarterly.org
Trieste Grand Canal in 1915
1914년 무렵의 트리에스테 부두

국가	도시	문학 영토	기간
France	Paris	71 Rue de Cardinal Lemoine, 5th Arrondissement	1921/06/03 ~1921/10/01
		9 Rue de l'Universite, 7th Arrondissement, Hotel Lennox	1921/10/01 ~1922/08/12
England	London	Euston Hotel	1922/09/01 ~09/15
	Kent	Queens Hotel	1922/09/15 ~09/17

Country	City	Address	Date
France	Boulogne	Pas-de-Calais, Hauts-de-France	1922/09/17 ~09/18
	Paris	9 Rue de l'Universite	1922/09/18
	Dijon	13 Rue Paul-Cabet	1922/10/11 ~1922/10/12
	Marseille	Gare de Marseille-Saint-Charles	1922/10/13
Monaco	Monaco	Monaco, Principality of Monaco	1922/10/15
France	Nice	Hotel de France	1922/10/13~16
		Hotel Suisse	1922/10/16 ~1922/11/12
	Marseille	Le Grand Hotel	1922/11/12~13
	Lyon	Gare de Lyon	1922/11/13~14
	Paris	26 Avenue Charles Floquet, 7th Arrondissement	1922/11/14 ~1923/04/03
		Maison de Sante Ambroise Pare, Neuilly	1923/04/03~14
		26 Avenue Charles Floquet, 7th Arrondissement	1923/04/14~25
		39 Rue du Cherche-Midi, Dr Borsch's Clinique des Yeux	1923/04/25 ~1923/05/06
		26 Avenue Charles Floquet, 7th Arrondissement	1923/05/06 ~1923/06/18
	Calais	Terminus Hotel	1923/06/18~21
England	London	Belgrave Residential Hotel	1923/06/21~29
	Bognor Regis	Alexandra Guest House	1923/06/29 ~1923/08/03
	London	Belgrave Residential Hotel	1923/08/03~17
France	Paris	6 Rue Blaise Desgoffes, Victoria Palace Hotel	1923/08/17~27
		6 Rue Gregoire de Tours, Hotel de l'Univers	1923/08/27 ~1923/09/03
		6 Rue Blaise Desgoffes, Victoria Palace Hotel	1923/09/03 ~1924/06/10
		39 Rue du Cherche-Midi, Dr Borsch's Clinique des Yeux	1924/06/10~22
		6 Rue Blaise Desgoffes, Victoria Palace Hotel	1924/06/24 ~1924/07/10

France	Saint Malo	Hotel de France et Chateaubriand, Brittany	1924/07/10 ~1924/08/18
	Quimper	Hotel de l'Epee, Brittany	1924/08/18~29
	Vannes	Grand Hotel du Commerce et de l'Epee	1924/08/29 ~1924/09/05
	Carnac	en route	1924/09/01
	Paris	6 Rue Blaise Desgoffes, Victoria Palace Hotel	1924/09/05~15
England	Calais	Hotel Terminus	1924/09/15~19
	London	Euston Hotel	1924/09/19 ~1924/10/12
France	Paris	8 Avenue Charles Floquet	1924/10/12 ~1924/11/28
		39 Rue du Cherche-Midi, Dr Borsch's Clinique des Yeux	1924/11/28 ~1924/12/10
		8 Avenue Charles Floquet	1924/12/10 ~1925/02/15

• www.delcampe.net/en_GB/collectables/postcards/france/dijon
Dijon in 1922
1922년 무렵의 디종(프랑스 부르고뉴)

국가	도시	문학 영토	기간
France	Paris	39 Rue du Cherche-Midi, Dr Borsch's Clinique des Yeux	1925/04/15~25
		8 Avenue Charles Floquet	1925/04/25 ~1925/05/14
		6 Rue Blaise Desgoffes, Victoria Palace Hotel	1925/05/14 ~1925/06/01
		192 Rue de Grenelle, 7th Arrondissement. 2 Square Robiac	1925/06/01 ~1925/07/21
	Fecamp	Grand Hotel des Bains et de Londres, Seine-Maritime, Normandy	1925/07/21~28
	Rouen	Grand Hotel de la Poste, Seine-Maritime, Normandy	1925/07/28 ~1925/08/09
	Les Andelys	Hotel du Grand-Cerf, Normandy	1925/08/06
	Niort	Grand Hotel du Raisin de Bourgogne, Deux-Sevres	1925/08/09~10
	Arcachon	Regina Palace Hotel et d'Angleterre, Gironde	1925/08/11 ~1925/09/03
	Bordeaux	Hotel Bayonne, Gironde	1925/09/03~05
	Paris	2 Square Robiac	1925/09/05 ~1925/12/05
		39 Rue du Cherche-Midi, Dr Borsch's Clinique des Yeux	1925/12/05~15
		2 Square Robiac	1925/12/15 ~1926/08/05
Belgium	Ostende	Auberge Littoral Palace	1926/08/05~09
		Hotel du Phare	1926/08/09~18
		Hotel de l'Ocean	1926/08/18 ~1926/09/13
	Ghent	en route	1926/09/13~17
	Antwerp	Grand Hotel, Anvers	1926/09/17~20
	Brussels	Hotel Astoria & Claridge	1926/09/20~29
	Waterloo	en route	1926/09/22
France	Paris	2 Square Robiac	1926/09/29 ~1927/04/04

England	London	Euston Hotel	1927/04/04~08
France	Paris	2 Square Robiac	1927/04/08 ~1927/05/21
Nether-lands	The Hague	Hotel Victoria	1927/05/21 ~1927/06/07
	Amster-dam	Hotel Krasnopolsky	1927/06/07~14
	The Hague	Hotel Victoria	1927/06/14~20
Belgium	Brussels	Hotel Central	1927/06/20~21
France	Paris	2 Square Robiac	1927/06/21 ~1928/03/21
	Dieppe	Hotel du Rhin et de Newhaven, Dieppe Normandy	1928/03/21~27
	Rouen	Grand Hotel de la Poste, Normandy	1928/03/27~31
	Paris	2 Square Robiac	1928/03/31 ~1928/04/19
	Dijon	13 Rue Paul-Cabet	1928/04/19~20
	Lyon	Hotel Carlton	1928/04/20~21
	Toulon	Grand Hotel	1928/04/23 ~1928/05/07
	Avignon	Hotel d'Europe	1928/05/07~12
	Lyon	Hotel Carlton	1928/05/12~17
	Paris	2 Square Robiac	1928/05/17 ~1928/07/13

• napoleon1.canalblog.com
Waterloo 1913
1913년 무렵의 워털루(벨기에 중부)

국가	도시	문학 영토	기간
Switzer-land	Zurich	Central Hotel	1928/07/14~15
Austria	Innsbruck	Hotel Europa	1928/07/15~23
	Salzburg	Hotel Mirabell	1928/07/23 ~1928/08/29
Germa-ny	Munich	Hotel Vier Jahreszejten	1928/08/29 ~1928/09/03
France	Strasbourg [Strasburg]	Hotel Maison Rouge	1928/09/03~05
	Le Havre	Hotel Continental	1928/09/05~14
	Paris	2 Square Robiac	1928/09/14 ~1928/11/07
	Neuilly	Maison de Sante, Hauts-de-Seine	1928/11/07~18
	Paris	2 Square Robiac	1928/11/18 ~1928/12/03
	Neuilly	Maison de Sante, Hauts-de-Seine	1928/12/03~15
	Paris	2 Square Robiac	1928/12/15 ~1929/02/04
	Neuilly	Maison de Sante, Hauts-de-Seine	1929/02/04~18
	Paris	2 Square Robiac	1929/02/18 ~1929/07/10
England	London	Euston Hotel	1929/07/10~14
	Torquay	Imperial Hotel	1929/08/14~15
	Bristol	Royal Hotel	1929/08/15~18
	London	Euston Hotel	1929/08/18 ~1929/09/19
France	Paris	2 Square Robiac	1929/09/19 ~1930/04/01
Switzer-land	Zurich	St Gotthard Hotel	1930/04/01~14
Germa-ny	Wiesbaden	Hotel Rose	1930/04/14~21
France	Paris	2 Square Robiac	1930/04/21 ~1930/05/13

Switzer-land	Zurich	St Gotthard Hotel	1930/05/13~14
		Professor Vogt Clinic	1930/05/14 ~1930/06/05
		St Gotthard Hotel	1930/06/05~17
France	Paris	2 Square Robiac	1930/06/17 ~1930/07/02
England	Llandudno	Grand Hotel, Wales	1930/07/02 ~1930/08/01
	Oxford	Randolph Hotel	1930/08/01~05
	London	London	1930/08/05~24
	Dover	Lord Warden Hotel, Kent	1930/08/24~25
France	Paris	2 Square Robiac	1930/08/25~29
	Etretat	Hotel de la Plage, Normandy	1930/08/29 ~1930/09/14
	Paris	2 Square Robiac	1930/09/14 ~1930/11/23
Switzer-land	Zurich	Carlton Elite Hotel	1930/11/23~27
France	Paris	2 Square Robiac	1930/11/27 ~1931/04/10
		52 Rue Francois Premier, 8th Arrondissement, Hotel Powers	1931/04/10~19
England	Calais	Terminus Hotel, Hauts-de-France	1931/04/19~23
	London	Hotel Belgravia	1931/04/23 ~1931/05/08

• www.hippostcard.com
Zurich 1930~1940s
1930~1940년경의 취리히(스위스)

국가	도시	문학 영토	기간
England	London	28B Campden Grove	1931/05/08 ~1931/08/07
	Dover	The Lord Warden Hotel, Kent	1931/08/07~22
	London	28B Campden Grove	1931/08/22~29
	Salisbury	Stonehenge, Wiltshire	1931/08/29 ~1931/09/01
	London	28B Campden Grove	1931/09/01~24
France	Paris	41 Avenue Pierre, 8th Arrondisse-ment, La Residence	1931/09/24 ~1931/10/09
		2 Avenue St. Philibert	1931/10/09 ~1932/04/17
		Hotel Belmont	1932/04/17 ~1932/05/22
		2 Avenue St. Philibert	1932/05/22 ~1932/07/06
Switzer-land	Zurich	Carlton Elite Hotel	1932/07/06 ~1932/08/15
Austria	Feldkirch	Hotel zum Lowen	1932/08/15 ~1932/09/08
Switzer-land	Zurich	Carlton Elite Hotel	1932/09/08~19
France	Nice	Hotel Metropole	1932/09/19 ~1932/10/18
	Paris	Hotel Lord Byron	1932/10/18 ~1932/11/17
		Hotel Lenox	1932/11/17~25
		42 Rue Galilee	1932/11/25 ~1933/05/22
Switzer-land	Zurich	Hotel Habis	1933/05/22 ~1933/06/10
France	Paris	42 Rue Galilee	1933/06/10 ~1933/07/04
	Evian-les-Bains	Le Grand Hotel, Haute-Savoie	1933/07/04~12

Switzer-land	Geneva	Grand Hotel de Russie	1933/07/12~17
	Zurich	St Gotthard Hotel	1933/07/17~22
		Hotel Habis Royal	1933/07/22~30
	Nyon	Les Rives de Prangins [Medical and Psychiatric Facitili-tes]	1933/07/30~31
	Geneva	Hotel Richemond	1933/07/31 ~1933/08/28
France	Paris	42 Rue de la Galilee	1933/08/28 ~1934/03/24
Monaco	Monte Carlo	Monte Carlo, Monaco	1934/03/24~30
Switzer-land	Neuchatel	Neuchatel, Switzerland	
Italy	Ventimi-glia	Hotel Heloer, Liguria, Italy	1934/04/01
France	Grenoble	Hotel Moderne et des Trois Dau-phins	1934/04/09
Switzer-land	Zurich	Carlton Elite Hotel	1934/04/10~24
France	Paris	42 Rue de la Galilee	1934/04/24 ~1934/07/19
Belgium	Liege	Hotel Suede	1934/07/19~20
	Verviers	Liege	1934/08/14~16
	Spa	Grand Hotel Britannique	1934/07/20 ~1934/08/16
Luxem-bourg	Luxem-bourg City	Grand Hotel Brasseur	1934/08/16~22
Switzer-land	Montreux	Grand Hotel Monney	1934/08/26 ~1934/09/01
	Geneva	Hotel Richemonde	1934/09/01~05

• www.ebay.com/itm/403676844605
Feldkirch 1932
1932년 무렵의 펠트키르히(오스트리아)

국가	도시	문학 영토	기간
Switzer-land	Geneva	Hotel de la Paix	1934/09/05~20
	Zurich	Carlton Elite Hotel	1934/09/20 ~1935/02/01
	Neuhau-sen	en route	1934/10/14
France	Paris	La Residence	1935/02/01~11
		7 Rue Edmond Valentin	1935/02/11 ~1935/08/31
	Fontaineb-leau	Savoy Hotel	1935/09/02~09
	Versailles	Hotel de France	1935/09/09~17
	Fontaineb-leau	Savoy Hotel	1935/09/17 ~1935/10/02
	Paris	7 Rue Edmond Valentin	1935/09/29 ~1936/07/30
	Beaugency	Hotel de l'Abbaye, Loiret	1936/07/30 ~1936/08/08

France	Villers-sur-Mer	Villa Connemara, Calvados	1936/08/08~10
	Deauville	Deauville Casino Hotel, Normandy	1936/08/10~13
	Paris	7 Rue Edmond Valentin	1936/08/13~18
Belgium	Liege	en route	1936/08/18~21
Germany	Hamburg	Hotel Streit	1936/08/21~22
Denmark	Copenhagen	Turist Hotel[Alexandra Hotel]	1936/08/22 ~1936/09/06
	Elsinore	en route	1936/08/26
Germany	Hamburg	Hotel Streit	1936/09/06~08
	Cologne	en route	1936/09/08~10
France	Paris	7 Rue Edmond Valentin	1936/09/13 ~1937/04/01
Switzerland	Zurich	Carlton Elite Hotel	1937/04/01~17
France	Paris	7 Rue Edmond Valentin	1937/04/17 ~1937/08/12
Switzerland	Basel	Hotel des Trois Rois	1937/08/12~14
	Rheinfelden	Hotel Krone am Rhein	1937/08/14~25
	Zurich	Carlton Elite Hotel	1937/08/25 ~1937/09/01
France	Dieppe	Grand Hotel	1937/09/01~15
	Paris	7 Rue Edmond Valentin	1937/09/15 ~1938/02/07
Switzerland	Lausanne	Hotel de la Paix	1938/02/07~09
	Zurich	Carlton Elite Hotel	1938/02/09 ~1938/03/08
France	Paris	7 Rue Edmond Valentin	1938/03/08 ~1938/08/20
Switzerland	Basel	Hotel des Trois Rois	1937/08/12~14
	Rheinfelden	Hotel Krone am Rhein	1937/08/14~25
	Zurich	Carlton Elite Hotel	1937/08/25 ~1937/09/01

France	Dieppe	Grand Hotel	1937/09/01~15
	Paris	7 Rue Edmond Valentin	1937/09/15 ~1938/02/07
Switzer-land	Lausanne	Hotel de la Paix	1938/02/07~09
	Zurich	Carlton Elite Hotel	1938/02/09 ~1938/03/08

Paris in 1938
1938년 무렵의 파리(프랑스)

국가	도시	문학 영토	기간
France	Paris	7 Rue Edmond Valentin	1938/03/08 ~1938/08/20
Switzer-land	Lausanne	Hotel de la Paix	1938/08/20 ~1938/09/12
	Fribourg	en route	1938/09/06
France	Paris	7 Rue Edmond Valentin	1938/09/12~21
	Nantes	en route	1938/09/27
	La Baule	Adelphi Hotel, Loire-Atlantique	1938/09/27 ~1938/10/03
	Paris	7 Rue Edmond Valentin	1938/10/03 ~1939/05/15
		Hotel d'Iena	1939/05/15~24

	Paris	34 Rue des Vignes	1939/05/24 ~1939/07/20
France	Etretat	Les Golf Hotels	1939/07/20~25
	Paris	34 Rue des Vignes	1939/07/25 ~1939/08/10
	Lausanne	Hotel de la Paix	1939/08/10~14
Switzer-land	Bern	Hotel Schweizerhof	1939/08/14~22
	Montreux	Grand Hotel Monney	1939/08/22~25
	Paris	34 Rue des Vignes	1939/08/25~28
France	La Baule	Hotel Majestic, Loire-Atlantique	1939/08/28 ~1939/09/02
	La Baule	Hotel St Christophe, Loire-Atlantique	1939/09/02 ~1939/10/14
	Pornichet	Pornichet, Cote d'Amour, Saint-Nazaire	1939/09/15 ~1939/10/08
	Paris	Hotel Lutetia	1939/10/15 ~1939/12/23
France	Saint-Germain-des-Fosses	railway station, Allier, Vichy	1939/12/24
	St Gerand-le-Puy	Hotel de la Paix	1939/12/24 ~1940/01/22
	Paris	Hotel Lutetia	1940/01/22 ~1940/02/01
	St Gerand-le-Puy	Hotel de la Paix	1940/02/01 ~1940/03/28
France	Vichy	Hotel Beaujolais	1940/04/04 ~1940/06/16
	St Gerand-le-Puy	Hotel du Commerce	1940/07/10 ~1940/10/13
Switzer-land	Geneva	Hotel Richemonde	1940/12/14~15
	Lausanne	Hotel de la Paix	1940/12/15~17
Switzer-land	Zurich	Pension Delphin	1940/12/17 ~1941/01/10
		Schwesterhaus vom Roten Kreuz	1941/01/10~15
		Fluntern Cemetery	1941/01/15

• monbourbonnais.com/joyce-james-ecrivain/
SAINT-GERAND-LE-PUY in 1940
1940년 무렵의 생제랑르퓌(프랑스 오베른알프 지방)

James Joyce's Cities of Exile in the Continent

국가	번호	도시	년도
Ireland		Dublin	1902/12 1903/03 1904/10 1909/09 1909/10
		Galway	1909/08 1912/07
England	1	Holyhead	1902/12 1904/10
	2	London	1902/12 1922/09 1923/06 1923/08 1924/09 1927/04 1929/07 1929/08 1930/08 1931/04 1931/05 1931/08 1931/09
	3	Newhaven	1902/12
	4	Harwick	1912/09
	5	Kent	1922/09
	6	Bognor Regis	1923/06
	7	Torquay	1929/08
	8	Bristol	1929/08
	9	Llandudno	1930/07
	10	Oxford	1930/08
	11	Dover	1930/08 1931/08
	12	Salisbury	1931/08
France	13	Dieppe	1902/12 1928/03 1937/09
France	14	Paris	1902/12 1903/01 1904/10 1920/07 1920/11 1920/12 1921/06 1921/10 1922/09 1922/11 1923/04 1923/05 1923/08 1923/09 1924/06 1924/09 1924/10 1924/11 1924/12 1925/02 1925/04 1925/05 1925/06 1925/09 1925/12 1926/09 1927/04 1927/06 1928/03 1928/05 1928/09 1928/11

France	14	Paris	1928/12	1929/02	1929/09	1930/04
			1930/06	1930/08	1930/09	1930/11
			1931/04	1931/09	1931/10	1932/04
			1932/05	1932/10	1932/11	1933/06
			1933/08	1934/04	1935/02	1935/09
			1936/08	1936/09	1937/04	1937/09
			1938/03	1938/09	1938/10	1939/05
			1939/07	1939/08	1939/10	1940/01
	15	Boulogne	1922/09			
	16	Dijon	1922/10	1928/04		
	17	Marseille	1922/10	1922/11		
	18	Nice	1922/10	1932/09		
	19	Lyon	1922/11	1928/04	1928/05	
	20	Calais	1923/06	1924/09	1931/04	
	21	Saint Malo	1924/07			
	22	Quimper	1924/08			
	23	Morbihan	1924/08			
	24	Fecamp	1925/07			
	25	Rouen	1925/07	1928/03		
	26	Les Andelys	1925/08			
	27	Niort	1925/08			
	28	Arcachon	1925/08			
	29	Bordeaux	1925/09			
	30	Toulon	1928/04			
	31	Avignon	1928/05			
	32	Strasbourg	1928/09			
	33	Le Havre	1928/09			
	34	Neuilly	1928/11	1928/12	1929/02	
	35	Etretat	1930/08	1939/07		
	36	Evian-les-Bains	1933/07			
	37	Grenoble	1934/04			
	38	Fontainebleau	1935/09			
	39	Versailles	1935/09			
	40	Beaugency	1936/07			

France	41	Villers-sur-Mer	1936/08
	42	Deauville	1936/08
	43	La Baule	1938/09 1939/08 1939/09
	44	Pornichet	1939/09
	45	Saint-Germain-des-Fosses	1939/12
	46	St Gerand-le-Puy	1939/12 1940/02 1940/07
	47	Vichy	1940/04
Switzerland	48	Zurich	1904/10 1915/06 1915/07 1915/10 1916/03 1917/01 1918/01 1918/10 1928/07 1930/04 1930/05 1930/06 1930/11 1932/07 1932/09 1933/05 1933/07 1934/04 1934/09 1937/04 1937/08 1938/02 1940/12 1941/01
	49	Locarno	1917/10 1917/11
	50	Geneva	1933/07 1934/09 1940/12
	51	Nyon	1933/07
	52	Neuchatel	1934/03
	53	Montreux	1934/08 1939/08
	54	Basel	1937/08
	55	Rheinfelden	1937/08
	56	Lausanne	1938/02 1938/08 1939/08 1940/12
	57	Bern	1939/08
Slovenia	58	Ljubljana	1904/10
Italy	59	Trieste	1904/10 1905/03 1905/05 1906/02 1907/03 1907/12 1909/03 1909/09 1909/10
	60	Ancona	1906/07
	61	Roma	1906/07 1906/12
	62	Padua	1912/04
	63	Portogruaro	1920/06
	64	Sirmione	1920/06

Country	No.	City	Date	
Italy	65	Ventimiglia	1934/04	
Croatia	66	Pola	1904/10	1905/01
	67	Rijeka	1906/07	
	68	Opatija	1904/07	
Vatican City State	69	Vatican	1906/08	
Austria	70	Feldkirch	1907/12	1932/08
	71	Innsbruck	1928/07	
	72	Salzburg	1928/07	
Northern Ireland	73	Belfast	1909/11	
Nether-lands	74	Flushing	1912/09	
	75	The Hague	1927/05	1927/06
	76	Amsterdam	1927/06	
Monaco	77	Monaco	1922/10	
	78	Monte Carlo	1934/03	
Belgium	79	Ostende	1926/08	
	80	Antwerp	1926/09	
	81	Brussels	1926/09	1927/06
	82	Liege	1934/07	1936/08
	83	Verviers	1934/08	
	84	Spa	1934/07	
Germany	85	Munich	1928/08	
	86	Wiesbaden	1930/04	
	87	Hamburg	1936/08	1936/09
Luxem-bourg	88	Luxem-bourg City	1934/08	
Denmark	89	Copenha-gen	1936/08	

제임스 조이스의 저작물 연대기

Timeline of Joyce's Published Writings

년도	집필 공간	저작물
1892/12	23 Carysfort Avenue, Blackrock [Leoville]	Et Tu, Healy[poem]
1896/03	13 North Richmond Street	Trust Not Appearances[essay]
		Silhouettes[prose sketches]
		Moods[poems]
1898	29 Windsor Avenue, Fairview	Force[essay]
1898/9/27		Subjugation[essay]
1899/03		The Study of Languages[essay]
1899/09		Essay on Munkacsy's 'Ecce Homo'
1900/01/10	13 Richmond Avenue, Fairview	Drama and Life[article]
1900		Ibsen's New Drma[article]
1900/06/29	8 Royal Terrace, Fairview	Shine and Dark[collection of verses]
1900/09/15		A Brilliant Career[play]
1900/10		Dream Stuff[verse play]
1900/11		La Fine di Sodoma[Italian translation]
1901/01		Oltre il Potere[Italian translation]
		Battaglia di Farfalle[Italian translation]
1901/07/23		Vor Sonnenaufgang[translation]
1901/08	Mullingar, Westmeath	Michael Kramer[translation]
1901/10/15	8 Royal Terrace, 32 Glengariff Parade	The Day of Rabblement[essay]

1902/02/01	32 Glengariff Parade	Essay on 'James Clarence Mangan'
1902/03		She is at peace where she is sleeping[poem]
1902/12/04	7 St Peter's Terrace, Phibsborough [Cabra]	An Irish Poet[review]
		George Meredith[review]
1903/01/29	Hotel Corneille, Paris	Today and Tomorrow in Ireland[review]
1903/02/06		A Suave Philosophy[review]
		An Effort at Precision in Thinking[review]
		Colonial Verses[review]
1903/03		Writing 15 Epiphanies
1903/03/21		Catalina[review]
1903/03/26		The Soul of Ireland[review]
1903		A Ne'er-Do-Well[essay]
		The Mettle of the Pasture[essay]
1903		The Motor Derby[essay]
1903/04/11		Writing anEpiphany
1903/09/03	7 St Peter's Terrace, Phibsborough [Cabra]	Aristotle on Education[review]
1903/09/17		New Fiction[review]
		A Peep into History[review]
1903/09		Cabra[→Ruminants→Tilly][poem]
1903/10/01		A French Religious Novel[review]
		Unequal Verse[review]
		Mr Arnold Graves's New Work[review]
1903/10/15		A Neglected Poet[review]
		Mr Mason's Novels[review]
1903/10/30		The Bruno Philosophy[review]
1903/11		Empire-Building[essay]
1903/11/12		Humanism[review]
		Shakespeare Explained[review]
1903/11/19		Review on Borlase and Son

1904/01/07	7 St Peter's Terrace, Phibsborough [Cabra]	Writes the sketch A Portrait of the Artist
1904/02/02		Begins to turn A Portrait of the Artist into Stephen Hero
1904/02/10		Finished the first chapter of Stephen Hero
1904/03/29		Writes 11 chapters of Stephen Hero
1904/04/08	60 Shelbourne Road, Ballsbridge	Finishes Chamber Music XXIV
1904/06/16		Action of Ulysses begins
1904/06/20		Satire on the Brothers Fay[poem]
1904/07		Begins a series of Dubliners
1904/07/30		Writes Chamber Music XV, XXVII
1904		The Holy Office[essay]
1904/08/13	103 North Strand Road, Fairview	The Sisters of Dubliners
1904/09/09	Martello Tower, Sandycove	Writes Chamber Music XXI
1904/09/10	2 Via Giulia, Pola	Eveline of Dubliners
1904/10/21~29	Hotel Central, Trieste 2 Via Giulia, Pola	Writes 12 chapters of Stephen Hero
		Begins Christmas Eve
1904/11/07	2 Via Giulia, Pola	Make a 1st note on Aesthetics(notebook)
1904/11/15		Make a 2nd note on Aesthetics(notebook)
1904/11/16		Make a 3rd note on Aesthetics(notebook)
1904/12		Begins to translate Mildred Lawson
1904/12/12		Finished chapter XIII of Stephen Hero
1904/12/17		After the Race of Dubliners
1905/01		Clay of Dubliners
1905/01/13	7 Via Medolino, Pola	Wrote chapter XV of Stephen Hero

1905/01/13	7 Via Medolino, Pola	Writes chapter XVI of Stephen Hero
1905/02/20		Finished chapters XVI, XVII of Stephen Hero
1905/03/15	3 Piazza Ponterosso, Trieste	Finished 18 chapters of Stephen Hero
1905/04/04		Writes chapter XXI of Stephen Hero
1905/05/02(03)	30 Via San Nicolo, Trieste	Writes chapter XXII of Stephen Hero
1905/06/07		Finished chapter XXIV of Stephen Hero
1905/06/30		Stops writing Stephen Hero
1905/07/01		The Boarding House of Dubliners
1905/07/15		Counterparts of Dubliners
1905/08/15		A Painful Case of Dubliners
1905/08/29		Ivy Day in the Committee Room of Dubliners
1905/09/18		An Encounter of Dubliners
1905/09		A Mother of Dubliners
1905/10/05		Araby of Dubliners
1905/11/27		Grace of Dubliners
1906/02/22		Two Gallants of Dubliners
1906/07/09	1 Via Giovanni Boccaccio, Trieste	A Little Cloud of Dubliners
1906/11/13	52 Via Frattina, Rome	Plan to work Ulysses
1907	16 Via San Nicolo, Trieste	Ireland, Island of Saints and Sages[essay]
1907/03/22		Il Fenianismo: L'ultimo Feniano[newspaper article]
1907/03/27		Essay on' James Clarence Mangan'
1907/05/19	45 Via Nuova, Trieste	Home Rule maggiorenne[newspaper article]
1907/09/16	1 Via Santa Caterina, Trieste	L'Irlanda alla sbarra[newspaper article]

1907/09/24	1 Via Santa Caterina, Trieste	The Dead of Dubliners
1907/11/29		Revised the first chapter of Stephen Hero[A Portrait]
1909/03/24	8 Via Vincenzo Scussa, Trieste	Oscar Wilde: il poeta di Salome[newspaper article]
1909/09/05	44 Fontenoy Street, Dublin	La battaglia fra Bernard Shaw e la censura[newspaper article]
1910/12/22	32 Via della Barriera Vecchia, Trieste	La Cometa dell Home Rule[newspaper article]
1911/08/17		A Curious History Dubliners[publishing history]
1912		Politics and Cattle Disease[essay]
		William Blake[essay]
1912/04/24		L'influenza letteraria universaledel rinascimento[essay]
1912/04/25	Albergo Toretta, Padua, Veneto, Italy	The Centenary of Charles Dickens[exam. essay]
1912/05/16	32 Via della Barriera Vecchia, Trieste	L'ombra di Parnell[newspaper article]
1912/08/04	4 Bowling Green, Galway	Begins She Weeps over Rahoon[poem]
1912/08/11		La citta delle tribu[newspaper article]
1912/09/05	21 Richmond Place, North Circular Road	Il miraggio del pescatore di Aran[newspaper article]
1912/09/14	Flushing, Cornwall, England	Gas from a Burner[poem on the train to Salzburg]
1913/06/30	4 Via Donato Bramante, Trieste	Daniele De Foe, Part I[essay]
1913/09/07		Watching the Needleboats at San Sabba[poem]
1913/09		A Flower given to my Daughter[poem]
1914/03/01		Begins to write Ulysses
1914/06/15		Published Dubliners(1250 copies)
1914/07~08		Wrote Giacomo Joyce
1915/06/16		Wrote the first episode of Ulysses

1915/09/01	7 Reinhardstrasse, Zurich	Concluded serial publication of A Portrait[Egoist]
1916	54 Seefeldstrasse, Zurich	Dooleys prudence[essay]
1917/06/05	73 Seefeldstrasse, Zurich	Finished Lotus Eaters, Hades of Ulysses
1917/10/01~12	Pension Villa Rossa, Locarno	Completes the first three episodes of Ulysses
1918/02/10	38 Universitatsstrasse, Zurich	Sends Proteus to Pound
1918~1919		Programme Notes for the English Players[essay]
1918/03		Sends Calypsoto Pound
		Serializes Ulysses in Little Review
1918/04		Nestor in Little Review
1918/05		Proteus in Little Review
1918/06		Calypso in Little Review
1918/07		Lotus Eaters in Little Review
1918/07/29		Sends Hades to Pound
1918/08/25		Sends Aeolus to Pound
1918/09		Hades in Little Review
1918/10		Aeolus in Little Review
1918/10/25		Sends Lestrygonians to Pound
1918/12/31	29 Universitatsstrasse, Zurich	Finishes Scylla and Charybdis
1919/01		Lestrygonians in Little Review
		Nestor in Egoist
		Dictates Wandering Rocks to Budgen
1919/02		Lestrygonians in Little Review
1919/03		Proteus in Egoist
1919/04		Scylla and Charybdis in Little Review
1919/05/01~08		Scylla and Charybdis in Little Review
1919/05/08~14	Isola da Brissago, Lake Maggiore, Locarno	

Date	Location	Event
1919/05/14	29 Universitatsstrasse, Zurich	Scylla and Charybdis in Little Review
1919/06		Begins Wandering Rocks in Little Review
1919/06/10		Begins Calypso in Little Review
1919/07		Concluded Wandering Rocks in Little Review
		Begins Hades in Egoist
1919/08		Begins Sirens in Little Review
1919/09		Concluded Sirens in Little Review
1919/10		Sends Calypso to Pound
1919/11	2 Via della Sanita, Trieste	Begins Calypso in Little Review
1919/11/19	8 Rue Dupuytren, Paris	Opens Sylvia Beach's Shakespeare and Company
1919/12	2 Via della Sanita, Trieste	Continues Calypso in Little Review
		Begins Wandering Rocks in Egoist
1920/01		Continues Calypso in Little Review
1920/02		Sends Nausicaa to Budgen
1920/03		Concluded Calypso in Little Review
1920/03/08		Begins Oxen of the Sun
1920/04		Begins Nausicaa in Little Review
1920/04/15		A Memory of the Players in a Mirror at Midnight[poem]
1920/05		Continues Nausicaa in Little Review
1920/07	5 Rue de l'Assomption, Paris	Concluded Nausicaa in Little Review
1920/07/22		Sends A Curious History to Jenny Serruys

Date	Address	Event
1920/09	5 Rue de l'Assomption, Paris	Begins Oxen of the Sun in Little Review
1920/09/21		Sends Schema for Ulysses to Linati
1920/12/20	5 Boulevard Raspail, Paris	Finished Circe
1921/01/05		Tells Schmitz Eumaeus is almost finished
1921/03		Maurice Darantiere in Dijon begins for Ulysses
1921/05/05		Sends typescript of Oxen of the Sun to Weaver
1921/06/10	71 Rue du Cardinal Lemoine, Paris	Receives the 1st galley proofs of Ulysses from Dijon
1921/07		Get the idea for the first and last word of Penelope
1921/07/27	12 Rue de l'Odeon, Paris	Beach opens new Shakespeare and Company
1921/09/03	71 Rue du Cardinal Lemoine, Paris	Write another 2000 words of Penelope
1921/09/06		Sends the first part of Penelope to Budgen
1921/09/22		Sends 31 typescript pages of Penelope to Dijon
1921/09/25		Sends the rest of Penelope to Dijon
1921/10/06	9 Rue de l'Universite, Paris	Finished Penelope and print
1921/10/29		Finished Ithaca and writing of Ulysses
1922/01		Reprints Dubliners by Huebsch in US
1922/01/29		Completes revising Ulysses
1922/01/30		The last page proofs of Ulysses returned to Dijon
1922/02/01		Three copies ofUlyssesto Beach by express post
1922/02/02		Ulysses is published on Joyce's 40th birthday

1922/02/02	9 Rue de l'Universite, Paris	One goes to Joyce and the other displayed at Shakespeare and Company
1922/02/12		Weaver receives No.1 Ulysses inscribed by James Joyce
1922/02/13		Gives No.2 Ulysses of 100 de luxe copies, signed, to Beach
1922/08/18	Euston Hotel, London	Meets Weaver for the first time
1922/10/01	9 Rue de l'Universite, Paris	Sends mistakes in Ithaca to Weaver
1922/11/01~12	Hotel Suisse, Nice	Begins Finnegans Wake
1922/12/22	26 Avenue Charles Floquet, Paris	400 copies of Ulysses were confiscated by US Customs
		A copy Ulysses seized at Croydon Aerodrome, England
1923/01		Rodker publishes 500 copies of Ulysses but seized
1923/03/10		Writes 2 pages of FW only knew JJ&NBJ, Work in Progress(1938. 8.)
1923/07~08	Alexandra House, Bognor Regis, England	Tristram and Isolde, St Kevin, Berkeley and St Patrick
1923/07/19		Sends King Roderick O'Conor to Weaver
1923/08/02		Sends Berkeley and St Patrick to Weaver
1923/10/08	Victoria Palace Hotel, Paris	Sends Mamalujo to Byrne
1923/11/02		Sends fair copy of Mamalujo to Weaver
1924/01~03		Working on I.v, I.vii, I.viii of FW
1924/01/16		Sends more works on FW to Weaver
1924/02/08		Sends more of I.vii of FW to Weaver
1924/02/29		Finished Anna Livia Plurabelle[FW I.viii]

1924/03	Victoria Palace Hotel, Paris	Begins Shaun the Post section [FW III]
1924/03/07		Sends Anna Livia Plurabelle to Weaver
1924/04		From Work in Progress【383~99】 in transatlantic review
1924/04/25		Finished the first part of Shaun the Post
1924/05/18		Writes a poem A Prayer
1925	8 Avenue Charles Floquet, Paris	Letter on Pound
1925/01/31		Sends Shaun to Weaver
1925/04		Revises FW I.v
1925/05	Victoria Palace Hotel, Paris	From Work in Progress in Contact Collection of Contemporary Writers
1925/07/27	Grand Hotel des Bains et de Londres, Fecamp	Sends Anna Livia Plurabelle [ALP] to Beach
1925/10/01	2 Square Robiac, Paris	Monnier publishes From Work in Progress in Navire d'argent
1925/10/10		Describes last chapter of Shaun 【555~90】 to Weaver
1925~1926		Extract from Work in Progress in This Quarter
1926/02		Reads part of Shaun to Beach and friends
1926/03		Finishes revising four chapters of Shaun
1926/05/21~23		Presides over a table of PEN Club in Paris
1926/06/19		Sends some corrections for Shaun chapter to Beach
1926/10		Works on the opening chapter of FW【003~029】
1926/11/24		Gives rationale[language, grammar, plot of sleep] of FW to Weaver

Date	Place	Event
1926/12/12		Reads opening section of FW to Beach, Monnier, Eugene and Maria Jolas
1927/02/02		Publ. Internl. Protest against the Unauthorized and Mutilated Ed. of U in US
1927/03		Opening Pages of a Work in Progress【003~029】 in transition 1
1927/05		Continuation of a Work in Progress【030~047】 in transition 2
1927/05/13		Provides a key to passage of FW 23 in transition to Weaver
1927/06		FW 48~74 in transition 3
1927/06		Composes FW I.vi[126~68]
1927/07		FW 75~103 in transition 4
1927/07/26		Sends explanations of 9 words in 【104.13~14】 to Weaver
1927/08		FW 104~25 in transition 5
1927/09	2 Square Robiac, Paris	FW 126~28 in transition 6
1927/10		FW 169~95 in transition 7
1927/10/08		Busy revising ALP for transition
1927/11		FW 196~216 in transition 8
1927/11/02		Read ALP to a group of his 25 friends
1927/11/08		Has spent 1200 hours on ALP all told
1927/11/09		Tells Weaver he's woven 152 river names in transition 1~8
1927/12		First Aid to the Enemy defence of Eugene Jola in transition 9
1928		Letter on Hardy
1928/01/09		20 copies of Work in Progress [FW I] published in US in the name of Donald Friede
1928/01/20		Gives A Portrait of the Artist as a Young Man: Essay and Sketch to Beach

Date	Place	Event
1928/02	2 Square Robiac, Paris	FW 282~304 in transition 11
1928/03		FW 403~428 in transition 12
1928/03/26	Hotel du Rhin et de Newhaven, Dieppe	Sends a key for The Ondt and the Gracehoper[FW 414~19] to Weaver
1928/07	Hotel Mirabell, Salzburg	FW 429~73 in transition 13
1928/07/24		5 copies of FW 282~304, 403~28 published in US
1928/08/15		5 copies of FW 429~73 published in US[Contin. of W.P. by JJ]
1928/10/20	2 Square Robiac, Paris	850 copies Anna Livia Plurabelle published in New York
1929	Maison de Sante, Neuilly, France	Letter on Svevo
1929/02		FW 474~554 in transition 15
1929/02/15		5 copies Work in Progress[FW III.474~554] printed in US
1929/05/27	2 Square Robiac, Paris	Our Exagmination round His Factification for Incamination of Work in Progress pubished by Shakespeare and Comapny
1929/08/09	Imperial Hotel, Torquay, England	Tales Told of Shem and Shaun by Black Sun Press in Paris
		☞ The Mookse and the Gripes[FW 152~9]
		☞ The Muddest Thick That Was Ever Heard Dump[FW 282~304]
		☞ The Ondt and the Gracehoper[FW 414~9] with Intro. by Ogden
1929/11	2 Square Robiac, Paris	FW III.iv 555~90 in transition 18
1930/01/07		5 copies Work in Progress[FW 555~90] printed in US
1930/03/07		James Clarence Mangan published by Ulysses Bookshop, London
1930/03/11		Ibsen's New Drama published by Ulysses Bookshop, London

1930/05/01	2 Square Robiac, Paris	ALP published by Faber and Faber
1930/06		Haveth Childers Everywhere[FW 532~54] published by
		☞ Henry Babou and Jack Kahane, Paris
		☞ The Fountain Press, New York
1930/06/12	St Gotthard Hotel, Zurich	Anna Livia Plurabelle[FW 196~216] by Faber and Faber
1930/06/14		The Language of James Joyce by Gerald Heard in Weekend Review
1930/09	2 Square Robiac, Paris	Begins FW II.i(219~59)
1930/11/22		Sends FW II.i to Weaver
1930/11/29		James Joyce Again by Geoffrey Grigson in Satruday Review
1931/04/02		HCE is published by Faber and Faber
1931/04		From Work in Progress[FW I.i] published in New Experiment
1931/05/01	Hotel Belgravia, Grosvenor Gardens, London	Anna Livia PLurabelle[FW 196~201, 215~16] in La Nouvelle Revue Francaise
1931/05/08	28b Campden Grove, London	HCE is published by Faber and Faber
1931/07/04		Marries NBJ at Kensington Register Office, 28 Marloes Road
1931/10	2 Avenue St Philibert, Passy, Paris	ALP chapter of FW[FW 213~6] by Psyche, London
1932/02/27		Joyce's From a Banned Writer to a Banned Singer in New Statesman and Nation
1932/03		Les Verts de Jacques, James Joyce Ad-Writer in transition 21
		☞ the last 4 pages of FW I.viii in transition
1932		Ad-Writer[essay]

1932/09	Feldkirch-Zurich-Nice	Carl Jung's Ulysses: Ein Monolog in Europaische Revue
1932/12/01	42 Rue de la Galilee, Paris	Two Tales of Shem and Shaun[FW 152~9, 414~19] by Faber and Faber
1933/02		Continu. of a W.P. [FW 219~59] in transition 22
1933/02/02		The Joyce Book edited by Herbert Hughes published by
		☞ The Sylvan Press, Humphrey Milford, Oxford University Press
1933/10/14		Claimants's Memorandum in Support of Motion to Dismiss Libel
		☞ presented to the US District Court Southern District of New York
1933/11/25		Judge John M.Woolsey listens to the US government's argument against Ulysses
1933/12/06		Woolsey allowed Ulysses to admit into US
1934/01/25		Random House publishes 100 copies Ulysses US edition
1934/02/15		From Work in Progress[FW 7~10] published by Contempo
		☞ Cerf's Publishing Ulysses, Gilbert's A Footnote to Work in Progress
1934/02/23		Les Amis de 1914 publish FW 25~9
1934/06		The Mime of Mick Nick and the Maggies[FW 219~59] by
		☞ The Servire Press, the Hague, Holland
1934		Epilogue to Ibsen's Ghosts[essay]
1935/07	7 Rue Edmond Valentin, Paris	Continu. of a W.P.[FW 260~75, 304~8] in transition 23

1936/12	7 Rue Edmond Valentin, Paris	Collected Poems are published by The Black Sun Press, New York
1937/09	Grand Hotel, Dieppe, France	Unlimited edition of Ulysses by John Lane, The Bodley Head, England
		Unlimited edition of Collected Poems by The Viking Press, New York
1937/10	7 Rue Edmond Valentin, Paris	Storiella as She is Syung[FW 260~75, 304~8] published by
		☞ Carlow's Corvinus Press, London
1938/01/20		Completes Butt and Taff of FW II.iii[338~54]
1938/01/27		Sent FW III[403~590] to Faber and Faber
1938/03		Verve publishes A Phoenix Park Nocturne of FW[244~6]
1938/05		Fragment from Work in Progress[FW 338~55] in transition 27
1938/08/02		Eugene Jolas said new book must be called Finnegans Wake
1938/10/11		Tells Goyert FW is virtually finished
1938/11/14		Finishes FW, thanks to Weaver
1939/01/01		Proofreading of FW is virtually complete
1939/02/02		Unbound copy of FW arrives in Paris for his birthday
1939/05/01	34 Rue des Vignes, Paris	Mercanton's Finnegans Wakein Nouvelle Revue Francaise 27
1939/05/04		Finnegans Wake is published by
		☞ Faber and Faber, London, The Viking Press, New York
1939/05/05		☞ Daily Telegraph

1939/05/05	34 Rue des Vignes, Paris	L.A.G. Strong's James Joyce's Dream World in
		☞ John O'London's Weekly
1939/05/08		Time carries a color photo JJ on the front cover with
		☞ reviews FW under the title of Night Thoughts
1939/06/28		Edmund Wilson's H.C. Earwicker and Family: Review of Finnegans Wake
		☞ in New Republic 99
1939/07/12.		Edmund Wilson's The Dream of H.C. Earwicker in
		☞ The Wound and the Bow(1947)
1939/08/05		Daily Herald publishes a 21-word review of FW
1939/08/30	Hotel Majestic, La Baule, France	Lewis reviews FW Standing by One Thing and Another in By-stander
1939/09/01		George Pelorson reviews FW in Revue de Paris 46
1940/02/11	Hotel de la Paix, St-Gerand-le-Puy	Harry Levin's On First Looking into Finnegans Wake
		☞ in Kenyon Review I(Autumn 1939)
1940/02/15		Gorman's James Joyce by Farrar and Rinehart, New York
		JJ & Nino Frank's Italian translation ALP by Prospettive, Rome
1940/07	Hotel du Commerce, St-Gerand-le-Puy	Works on misprints of FW with Leon
1940/08		Completes 31 page list of misprints in FW
1941/01	Pension Delphin, Zurich	Gorman'sJ ames Joyce: A Definitive Biography by John Lane, The Bodley Head
1941/01/13	Schwesterhaus vom Roten Kreuz	Dies at 2:15 a.m. before Nora and Georgio arrived

실존적 삶에서의 업의 윤회

A Relevution of the Karmalife【338:06】

조이스의 생애는 그가 떠안았던 실존적 문제를 빼놓고 말할 수 없는데, 극심한 가난
과 시력 악화 그리고 딸 루치아의 정신 질환이 평생을 두고 그를 괴롭혔다.

His life was not without its problems, dogged as it was for many years by
near poverty, failing eyesight, and the mental illness of his daughter, Lucia.

-고든 보커(Gordon Bowker), 『제임스 조이스: 새로운 전기(James Joyce: A New Biography)』

• www.maramarietta.com/the-arts/fiction/james-joyce/

James Joyce with his daughter Lucia, Ostend(Belgium), 1924
제임스 조이스와 그의 딸 루치아, 1924년 무렵 벨기에 오스텐더

직접 인용 및 간접 참고 자료(이미지) 출처

A. Nicholas Fargnoli, James Joyce: A Literary Reference, Carroll & Graf Publishers, New York, 2003
Anthony Burgess, Here Comes Everybody: An Introduction to James Joyce for the Ordinary Reader, Faber & Faber, London, 1965
Bernard Benstock, Joyce-Again's Wake: An Analysis of Finnegans Wake, University of Washington Press, Seattle and London, 1965
C. George Sandulescu, The Language of the Devil: Texture and Arche-type in Finnegans Wake, Colin Smythe, Gerrards Cross, 1987
Clive Hart, A Concordance to Finnegans Wake, University of Minnesota Press, Minneapolis, 1963
Clive Hart, Structure and Motif in Finnegans Wake, Faber & Faber, London, 1962
Glasheen, A Third Census of Finnegans Wake: An Index of the Charac-ters and Their Roles, University of California Press, Berkeley, 1977
Gordon Bowker, James Joyce:A New Biography, Farrar, Straus and Giroux, New York, 2011
Harry Burrell, Narrative Design of Finnegans Wake: The wake Lock Picked, University Press of Florida, Gainesville, 1996
Herbert S. Gormann, James Joyce: A Definitive Biography, John Lane The Bodley Head, London, 1941
Ian Pindar, Joyce, Haus Publishing, London, 2004
James S. Atherton, The Books at the Wake: A Study of Literary Allusions in James Joyce's Finnegans Wake, Viking, New York, 1960
John Bishop, Joyce's Book of the Dark: Finnegans Wake, University of Wisconsin Press, Madison, 1986
John Gordon, Finnegans Wake: A Plot Summary. Syracuse University Press, New York, 1986
Joseph Campbell and Henry Morton Robinson, A Skeleton Key to Finnegans Wake, Harcourt, Brace, New York, 1944
Louis O. Mink, A Finnegans Wake Gazetteer, Indiana University Press, Bloomington, 1978
O'Hehir and John Dillon, A Classical Lexicon for Finnegans Wake, University of California Press, Berkeley, 1977

Richard Ellmann, James Joyce, Oxford University Press, 1982

Roland McHugh, Annotations to Finnegans Wake, Johns Hopkins University Press, Baltimore & London, 1980

Roland McHugh, The Sigla of Finnegans Wake, University of Texas Press, Austion, 1976

Samuel Beckett, Our Examination Round His Factification for Incamination of "Work in Progress," 2nd edition, John Dickens & Conner, Northampton, 1962

Vivien Igoe, James Joyce's Dublin Houses & Nora Barnacle's Galway, Mandarin Paperbacks, London, 1990

https://timenote.info/de/James-Joyce

elarcadearciniegas.blogspot.com

https://blog.xlibris.com

https://en.wikipedia.org/wiki/James_Joyce

https://www.edrants.com

https://www.si.edu

https://bloomsburyliterarystudiesblog.com

https://joycefoundation.ch/

www.patrickcomerford.com

www.flickr.com

www.rte.ie/culture

www.clongowes.net

www.amazon.com

www.rte.ie

www.thetimes.co.uk

www.tripsavvy.com

www.dublinlive.ie

www.tide-forecast.com

www.theshelbourne.com

europebetweeneastandwest.wordpress.com

www.zum.de

www.guide.romeescape.com

www.goodreads.com/review/show/554174065

www.irishtimes.com/life-and-style/homes-and-property

www.galwaytourism.ie/nora-barnacle-house

blogs.lib.ku.edu/spencer/category/university-archives

www.bl.uk

modernistmagazines.com

wordpress.org

www.irishhistory.com

www.cultura.id/about

www.theparisreview.org

www.laescueladelosdomingos.com

www.smithsonianmag.com

www.eud.u-bourgogne.fr

www.raptisrarebooks.com

digital.sandiego.edu

www.biblio.com

www.lilliputpress.ie

www.uantwerpen.be/en/

nl.linkedin.com/in/hans-van-den-bos

www.williamreesecompany.com

www.wikipedia.org

www.wikiwand.com/en/Joe_Gilmore

sanctuaryrarebooks.com

www.abebooks.com

alchetron.com/Social

www.nytimes.com

www.johncoulthart.com

www.artnet.com

www.facebook.com/search/top/?q=Fritz%20Senn

moviesthatiloved.blogspot.com

archivio.ilpiccolo.it

cambridge.org

ialoc.ro

제임스 조이스 서지 일람

James Joyce Reading Lists

1. 단권 소설(Standalone Novels)

A Portrait
of the Artist
as a Young Man
- 1916

Ulysses
- 1922

Finnegans Wake
- 1939

Stephen Hero
- 1944

2. 단편 소설/중편소설(Short Stories/Novellas)

The Dead
- 1914

The Boarding House
- 1914

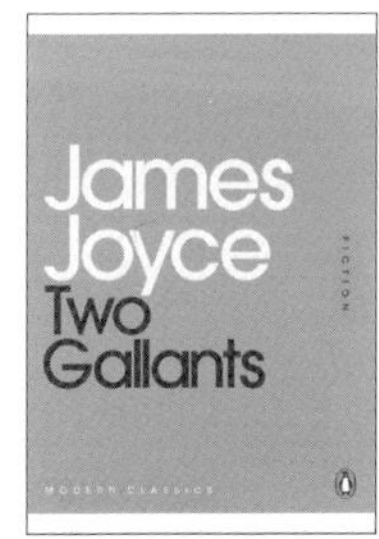

Two Gallants
- 1914

Araby
- 1914

Exiles: A Play in
Three Acts
- 1918

The Cats
of Copenhagen
- 1936

The Cat and
the Devil
- 1965

3. 모음집(Collections)

Chamber Music
- 1907

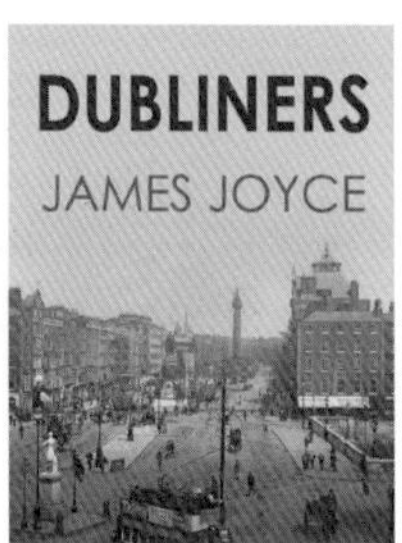

Dubliners
- 1914

Pomes Penyeach
- 1927

Collected Poems
- 1936

Giacomo Joyce
- 1968

Finn's Hote
- 2013

4. 논픽션(Non-Fiction Books)

Critical Writings
- 1959

James Joyce Letters
Volumes 1-3
- 1966

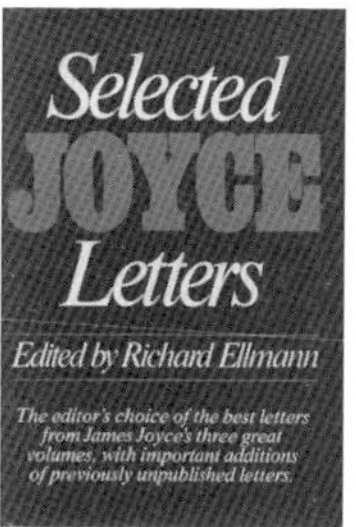

Selected Letters
of James Joyce
- 1975

James Joyce's
Letters To Sylvia
Beach
- 1987

5. 입문서·연구서(Background Readings)

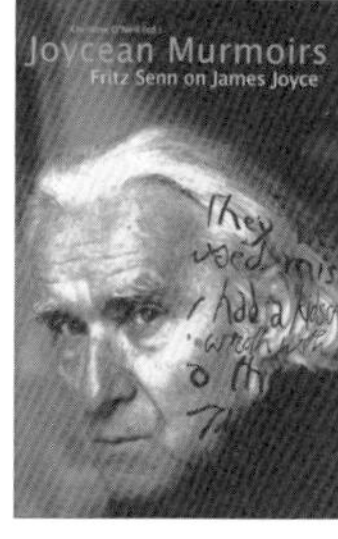

Joycean Murmoirs
-2007

The Most
Dangerous Book
- 2014

Bloomsday
: The Bostoniad
- 2010

Re Joyce
- 1965

The New
Bloomsday Book
- 1988

Ulysses Annotated:
- 1989

James Joyce's
Odyssey
- 2013

Mythic Worlds,
Modern Words
- 1993

Introducing Joyce
- 1994

The Sixteenth
of June
- 2014

James Joyce
: Portrait of a Dubliner
- 2011

James Joyce and the
Making of Ulysses
- 1960

Our Exagmination
of Work in Progress
- 1929

The Portable
James Joyce
- 1947

Ulysses and Us
- 2009

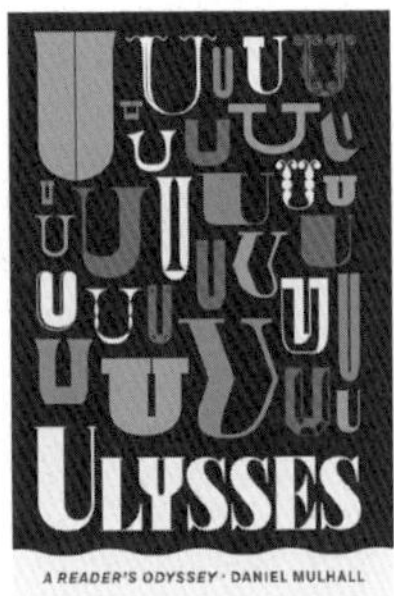

Ulysses
: A Reader's Odyssey
- 2022

James Joyce's
Ulysses
- 1932

Four Dubliners
- 1986

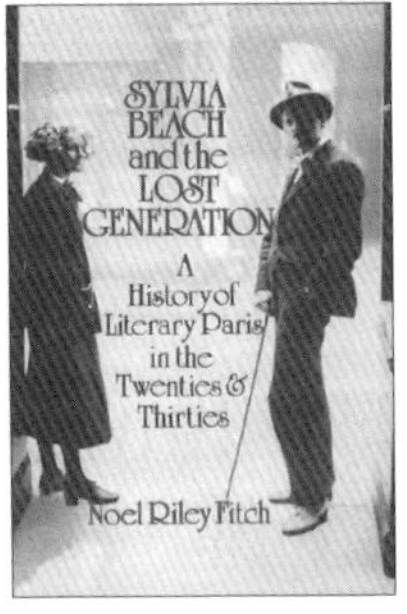

Sylvia Beach and
the Lost Generation
- 1983

Everyman's Joyce
- 2009

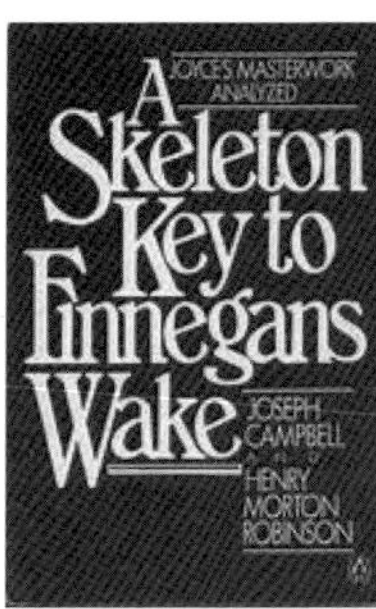

A Skeleton Key
to Finnegans Wake
- 1944

Critical Companion
to James Joyce
- 2006

Joyce for Beginners
- 1994

Joyce Effects
-2000

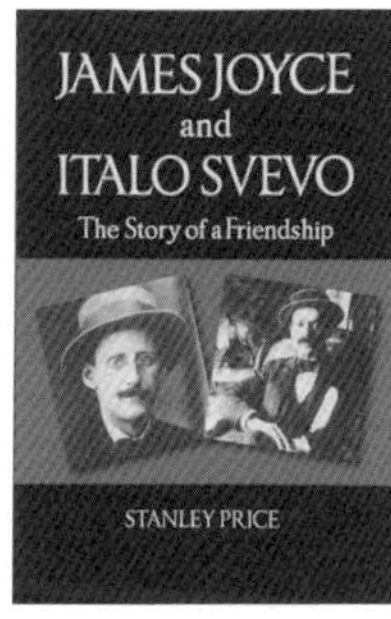

James Joyce
and Italo Svevo
- 2016

How Joyce Wrote
Finnegans Wake
- 2008

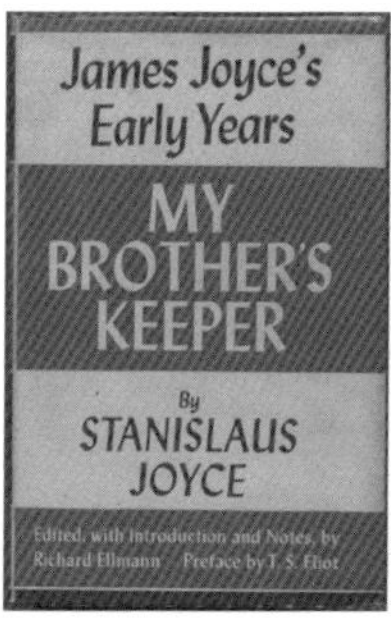

My Brother's Keeper
- 1957

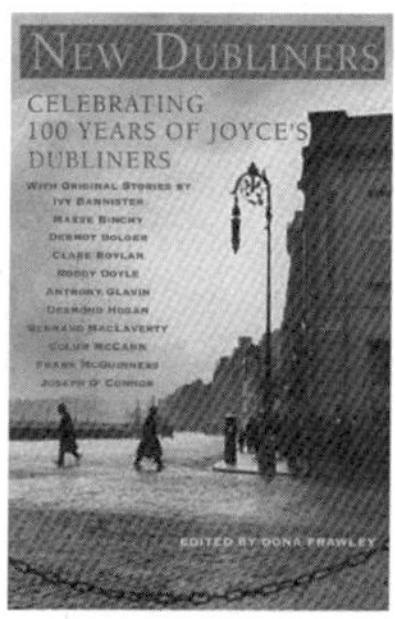

New Dubliners
- 2006

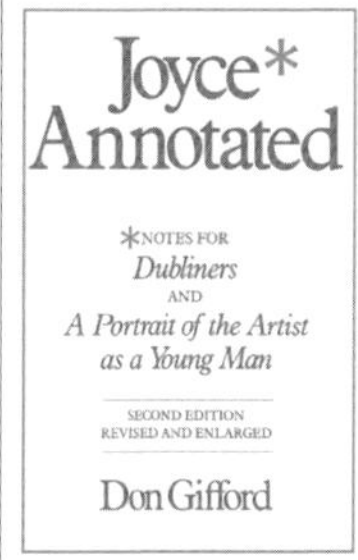

Joyce Annotated:
Notes for Dubliners
- 1981

Chaos Theory
and James Joyce's
Everyman
- 1999

Introducing James
Joyce
- 1968

The Aesthetics
of Chaosmos
- 1989

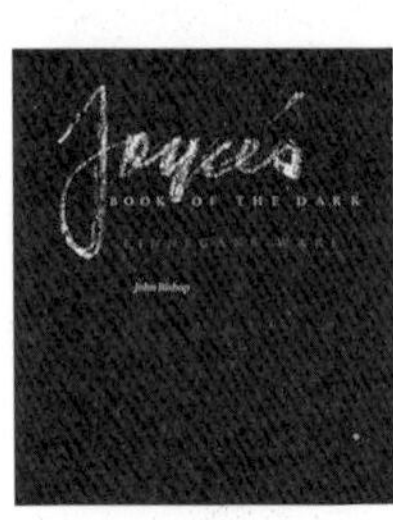

Joyce's Book
of the Dark
- 1993

Illicit Joyce
of Postmodernism
- 1996

James Joyce:
Sexuality and Social
Purity
- 2003

Collected Epiphanies
of James Joyce
- 2024

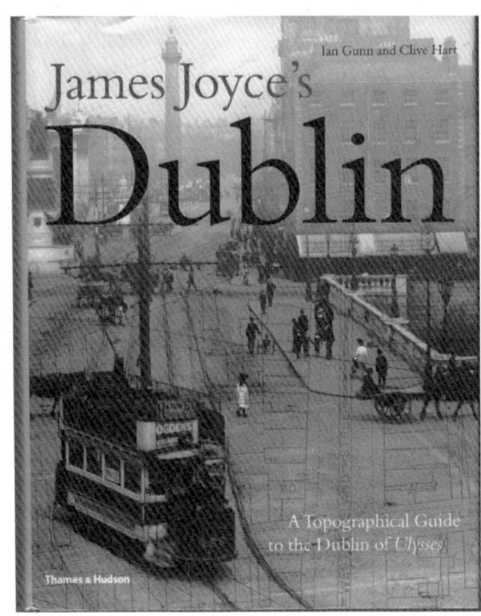

James Joyce's Dublin
: A Topographical Guide to the Dublin
of Ulysses
- 1981

James Joyce
: A Passionate Exile
- 2000

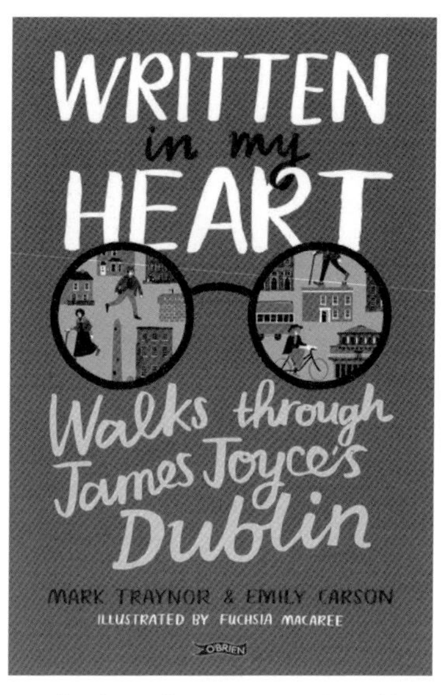

Walks through James Joyce's Dublin
- 2016

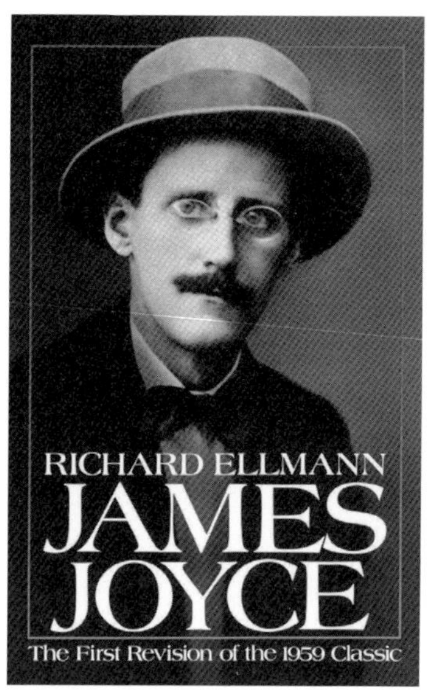

James Joyce
- 1959

James Joyce A New Biography
- 2012

James Joyce A Life from Beginning to End
- 2022

20-21세기 모더니즘과
포스트모더니즘
문학의 진단
-2019

제임스 조이스
: 어느 더블린 사람에
대한 일대기
- 2021

제임스 조이스의 아름
다운 글들
- 2012

제임스 조이스의
비평문집
- 2019

더블린 사람들
- 2025

율리시스 1·2
- 2023

조이스 문학의 강의
- 2009

사랑은 사랑이
멀리 있어 슬퍼라
- 2023

노라
- 2011

제임스 조이스
: 언어의 연금술사
- 2002

율리시스 함께 읽기
- 2023

피네간의 경야 이야기
- 2015

율리시스
- 2011

제임스 조이스 전집
- 2013

복원된 피네간의 경야
- 2018

제임스 조이스 문학 읽기
- 2015

제임스 조이스의 삶과 문학

－ 그 불멸의 순간을 기록하다 －

초판 1쇄 발행일 2026년 1월 30일

지은이 박대철

펴낸이 박영희
편　집 조은별
디자인 김수현
마케팅 김유미
인쇄·제본 AP프린팅

펴낸곳 도서출판 어문학사
주　소 서울특별시 도봉구 해등로 357 나너울카운티 1층
대표전화 02-998-0094　**편집부1** 02-998-2267　**편집부2** 02-998-2269
홈페이지 www.amhbook.com
e-mail am@amhbook.com
등　록 2004년 7월 26일 제2009-2호

X(트위터) @with_amhbook
인스타그램 amhbook
페이스북 www.facebook.com/amhbook
블로그 blog.naver.com/amhbook

ISBN 979-11-6905-056-2(03800)
정　가 20,000원